不可理喻的亚洲之旅

旅 の 理 不 尽　ア ジ ア 悶 絶 篇

〔日〕宫田珠己 著

秦　衍 译

著作权合同登记号:图字 01-2018-0854

Original Japanese title：TABI NO RIFUJIN　ASIA MONZETSU HEN
Copyright © 2010 Tamaki Miyata
Japanese paperback edition published by Chikumashobo Ltd.
Simplified Chinese translation rights arranged with Chikumashobo Ltd.
Through The English Agency (Japan) Ltd.

图书在版编目(CIP)数据

不可理喻的亚洲之旅/(日)宫田珠己著;秦衍译.
—北京:人民文学出版社,2018
ISBN 978-7-02-013827-2

Ⅰ.①不… Ⅱ.①宫… ②秦… Ⅲ.①游记-作品集-日本-现代 Ⅳ.①I313.65

中国版本图书馆 CIP 数据核字(2018)第 027184 号

责任编辑	卜艳冰　潘丽萍
封面设计	钱　珺

出版发行	人民文学出版社
社　　址	北京市朝内大街 166 号
邮政编码	100705
网　　址	http://www.rw-cn.com
印　　刷	上海盛通时代印刷有限公司
经　　销	全国新华书店等
字　　数	85 千字
开　　本	787 毫米×1092 毫米　1/32
印　　张	7.25
插　　页	2
版　　次	2018 年 8 月北京第 1 版
印　　次	2018 年 8 月第 1 次印刷
书　　号	978-7-02-013827-2
定　　价	35.00 元

如有印装质量问题,请与本社图书销售中心调换。电话:010-65233595

目 录

1　　　前　言

1　　　那样可不行，熊人（土耳其）
18　　先让印度人悔改吧（斯里兰卡、印度）
30　　冰乌龙茶之谜（中国香港）
42　　在南国得到教训（越南）
56　　从头到尾由我划船（尼泊尔）
69　　小思的放屁马（缅甸）
81　　叫来海蛞蝓，海蛞蝓！（巴厘岛）
92　　海拔 5,545 米的真相（喜马拉雅山）
106　 神秘的女一号和女二号（泰国）
118　 死海与肛门之谜（以色列）
133　 出差之旅的大海（帕劳）
148　 放你一马，雪山（日本）
161　 命运悲惨的包裹（越南）
173　 年度风云高僧（不丹）

186 花海中的白马王子（丝绸之路）

220 文库本后记
222 文库本后记续篇

前　言

旅行是什么？

这是一个十分深奥难解的问题。答案众说纷纭，旅行是人生，旅行是考验、相遇或者偶遇，旅行是梅格·瑞恩[①]，等等，但真相仍是一个谜。

我只不过是一个默默无名的优秀小职员。除了夏季休假、五月黄金周、新年假期以外，我也享受了公司职员应有的权利——带薪休假，以及其他不应有的权利，从而外出旅行。本书记录了我的这些旅行。在旅行中，我深入探究了旅行的意义，但是

---

① 梅格·瑞恩（1961— ），美国演员，代表作有《当哈利遇上莎莉》《西雅图未眠夜》。

我的上司多次追问旅行的真实意图："你到底在想什么？这边都忙得焦头烂额了。"由此可见，一般人对于旅行问题也是高度关注的。然而，这同时也是一个哲学问题。就连我这个知性好青年，三言两语也无法解答。我深切地希望我的上司购买此书，深入思考。尤其是一次购买三本以上，分发给亲朋好友，更能加深理解，请读者们也尝试一下。现在别再犹豫，下定决心，付诸行动。像您这样积极向上的话，可能会突然受到异性的表白。周末容易精神涣散，小心不要受伤。

【幸运的秘诀】安全帽

那样可不行，熊人

（土耳其）

以前，一文字隼人①去了巴西，而我五年前飞去了土耳其。

遗憾的是，关于一文字隼人和我的关系是重大机密，不可多言。总之，我在二月的一天到达了伊斯坦布尔机场。伊斯坦布尔位于亚洲与欧洲的交界

---

① 电视剧《假面骑士》中的人物。

处，被称为文明的十字路口，因此你一定会想象这是一个充满历史与文化的异国风情的城市。

太天真了！其实这是一个汽车尾气熏污的灰色城市。

我步行在街头寻找住处，不觉来到了汽车总站。已经是黄昏时分了，寻找酒店也很麻烦，我就顺其自然地拦住已经发车行驶了三米距离的夜间长途巴士，跳了上去。目的地是艾菲斯，在那儿沉睡着爱琴海最大的古迹群。正巧有一个貌似日本学生的男孩独自在车上，他似乎有些小看我："环绕地中海去卡帕多西亚吗？一般人都走常规路线啊。"但是又解释说，"至于我自己，是别人一定要让我去卡帕多西亚的。"我差点说："装模作样的蠢货！"但是如果拘泥于小事而发生意外，肩负秘密任务的我暴露了真正身份的话，就因小失大了。我无视他的存在，坐在巴士后部自己的座位上。

我对周围的土耳其人强调："我在艾菲斯下车。

艾菲斯，就是那个艾菲斯。"我相信，如果到了，热心的土耳其人一定会提醒我的。最终却坐到了终点站库萨达斯。

我重新坐回艾菲斯，下车一看，由于不是旅游旺季，城内冷冷清清。只有一个电影演员般深目高鼻的帅哥快步走来，劈头盖脸地说："哦！你不是穆斯塔法吗？我是太郎。你终于来了，穆斯塔法。"

我又不是穆斯塔法，所以不予理睬，迈步离开。

"穆斯塔法，我有好房间，一万里拉。很干净的。"他并肩跟上，开始推销。

"穆斯塔法，回答啊。我们是朋友。真的是好房间。一万里拉嫌贵的话，五千里拉吧。怎么样，穆斯塔法？"

五千里拉吗？嗯，这样的话即便被叫做穆斯塔法，我也没有异议。于是，我让他带我去看看。结果来到了一个窗户小小的阴暗房间，我还是拒绝了。

于是，我朝着郊外，漫无目的地走起来。没有车，更没有人。这个镇子简直像鬼城啊！这么想着，从铁路道口对面走来一个满脸疙瘩的男子。他径直走来，问我要不要住他家的简易旅馆。我也无计可施，便跟他去了。

男子名叫易卜拉欣。他说："请叫我易卜。"怪不得脸长成这样①。

"我叫穆斯塔法。"我说。

"哦！那不是土耳其人的名字吗？你是土耳其人吗？"

"嗯，说来话长。"我做出忧郁的表情，目视远方。

易卜思考了片刻，似乎有些明白了。他的表情意味深长，似乎在说：原来你也受了不少苦啊。"那么四千里拉吧。"他主动给我打折了（此处略加作者的想象与夸张）。

---

① 日语中，"易卜"意为疙瘩。

易卜的简易旅馆位于小山丘顶，可以俯瞰整个镇子。我以为是他在经营，却原来是他的父母。易卜还是个二十二岁的学生，我以为他肯定有四十岁。他的妹妹名叫奴菲尔，十七岁，我以为她肯定是个男孩。

到了傍晚，兄妹俩双双去上学。

奴菲尔邀请我一起去学校。这一定会是一次友好之旅吧。"Nihao，土耳其的同学们。我是来自日本的穆斯塔法。Xiexie。"不知为何，我用的是汉语。我一边排练，一边在奴菲尔的邻座坐下。

可是，奴菲尔并没有把我介绍给任何人。她打开课本，让我帮她做英语作业。不久，老师开始点名让同学们回答，渐渐地快轮到奴菲尔了。奴菲尔数了数座位，估计这个问题会轮到她，央求我把答案写在一旁。我一看，这不是关系代名词吗？我怎么可能会做？

不行！作为教育者，我必须严厉警告她。听好了，我来土耳其的目的不是为了揭开关系代名词that的谜底，我的任务是重大机密，因此不能泄露，其实是非常重要的。嘿！奴菲尔，你在听吗？

"奴菲尔旁边的同学，别讲话。"

为、为什么？为什么我要被老师批评？

"对了，顺便把这个问题回答一下。"老师又在点名让我回答。什么顺便啊？我不能理解。虽然不能理解，但暂且为了息事宁人，我站起身来，漫不经心地回答了作业的问题。老师也终于发现了我这个陌生的不速之客，惊讶之余，从表情看似乎在深思。

看到了吗？我虽然现在混迹于这样的地方，但我本来可以说是VIP重要人物，没有义务回答土耳其老师的作业问题。如果不是我宽宏大量、富有同情心，这次事件早就使日本与土耳其两国的关系陷入重大危机了。终于，老师似乎反省了，有些难以启齿似的开口了:"有点弄错了。"

在学校,易卜给我介绍了他的朋友希兹晋。三个男人决定一起去玩。这个小镇几乎没有高楼,也没有商业街。夜幕降临就一片漆黑。三个人在马路只是漫无目的地散着步。镇上的年轻人到了夜晚无所事事,用散步来消磨年轻的精力。绕着圈子走着,数次遇到了同一帮人。嗨!我们打招呼后擦肩而过。过了一会儿,再次遇到这帮人,这次仅用眼神交流便擦肩而过了。又一次相遇的时候,连招呼也不打了。

"去我女朋友家吧。"易卜主动提出。我正觉得无聊,内心窃喜:哦哦,有意思,应该会发生新的趣事。

他女朋友的家在小山丘的半山腰。易卜从门缝向里窥视,用手一指:"那是她的房间。"屋内亮着灯。我以为易卜会叫他女朋友出来,谁知他就此离开了。仅此而已吗？易卜。

我望着他女朋友屋内的灯光，不由深深点了点头。结果这是一场毫无意义的散步。

"我和她接过吻。"易卜坏坏地说。

"我想接吻，却被打了。"希兹晋有些害羞。

"只是接吻吗？"我问道。

"还没有那个那个。"易卜回答。

"我们是穆斯林，所以结婚前不能那个那个。"他似乎有些遗憾。

"如果很想那个那个，去库萨达斯花钱买，"希兹晋说，"但是那儿的女人连头都能钻进去。"他的话令人费解。

"怎么样？你花钱带我们去库萨达斯吧。"易卜似乎想到了一个绝妙的好主意，兴冲冲地说。为什么用我的钱？想得美。

艾菲斯就到此为止吧。我告别了易卜、希兹晋和奴菲尔他们，去了卡帕多西亚。在那里发生的故事就略过不说了。重点是伊斯坦布尔。有人质疑："那么艾菲斯到底是怎么一回事？"一时半晌解释不清，总之旅行是无法理喻的。

回到伊斯坦布尔已是二月末，春光明媚，少女的眼泪啊呀呀啊呀呀，我也不知道自己在胡说些什么。总之，我在通常日本游客住宿的莫拉酒店住下了。在这里，向同屋的日本游客打听旅行的情况。

望月（注：望月是素不相识的陌生人）说："宫田先生是第一次来伊斯坦布尔吗？"

"对啊。"

"在这里，要当心熊人。"

"熊人？"

"对，熊人。"

那是什么？身体是熊，右手是长长的尖爪子，如同夏日的飞蛾扑火般呼呼呼地扑过去，假面骑士，看我的绝招！

"那是一个怪人吗？"

"你看到就知道了。"

疑团重重。

"对了，宫田先生，你喜欢看电影吗？我对电影很挑剔呢。因为在日本几乎每天借录像带来看。"

"嗯，是吗？"

"最近我发现一部好电影，不过比较小众。你知道吗？《纽约东八街的奇迹》。非常有意思呢。"

"嗯。"

望月也是个谜一样的男子。也许是间谍。

我时刻提防着熊人，走向了夜晚的街头。

我的目的地是电影院。既然到了电影院，我不妨去深入调查一下土耳其的电影情况。我发现了一家电影院大白天在放映色情片，于是走了进去。

里面挤满了男人。银幕上，一个身穿薄薄睡袍的半裸女人伴随着音乐扭动身躯。我不觉得那特别诱惑人，但观众们大肆喧哗。那个喧闹场面简直非同寻常。男人们到处在吹口哨，也有人大叫着高高挥动拳头。

不久，画面突变，镜头切换到一个大叔在说着什么，于是场内一片嘘声。大叔在半裸女人后面出场，因此遭人讨厌。他是个遭人厌恶的角色，这跟他在电影中扮演的角色毫无关系，而是因为他在电影中的出场顺序。

过了一会儿，画面再次回到刚才的女人跳舞的镜头，顿时场内一片欢呼。然后讲话的大叔又出现了，半裸的女人又出现了，画面不断交替，好像放映机出了故障，一直在重复相同的画面。我想观众们要发出嘘声了，但每到女人跳舞的镜头，场内就一片欢呼，好像只要是这个镜头，无论重复多少次，观众们都喜闻乐见。不过站着看了二十分钟，故事完全发展不下去，我忍无可忍地离开了电影院。我有些担心电影是不是整晚都那样放映着。

看电影的计划就此搁浅了，于是我决定去红灯区看看。我不知道地点，问了当地的一个大叔，最终到达加拉太塔附近的一角。这个脏乎乎的地方被低矮的楼房和围墙圈起，出入口只有一个。进去以后，里面好像打折会场一般，熙熙攘攘。这个国家的男人们无论在哪儿都兴致高昂啊。嗯，结婚前不能那个那个，所以也无可厚非。

这里由几条小巷子构成，巷子两边排列着小店。店的一楼是展示区，二楼以上都是独立的小房间。男人们在一楼挑选中意的女性，协商价格后上楼。但是，真正进入一楼的男人并不多，大多数都挤在店门口远远围观女人们。围观的人堆挤挤挨挨、水泄不通，我这样矮小的日本人必须使劲分开人群向前挤，否则根本看不到里面。千辛万苦终于挤到了最前面，店内只有两三个"妙不可言"的女人。我完全不能理解为什么男人们这样拥挤在一起。也许他们对于美女的标准跟日本不同。但是即便标准不同，也不是这样没有底线的吧。

有一个男人仍然进了店，比较以后挑选了一个稍有姿色的，谈妥价格后上楼了。围观的男人们喝彩助威。来这种地方，原本应该遮头盖脸地偷偷来，这里却大摇大摆地进行着。

女人们发现了我这个外国人，向我招手："来啊来啊。"身为男人，理性和欲望本应发生斗争，但在这儿完全没有，只是觉得嫌恶。

第二天，我去了大巴扎。大巴扎是特色礼品集市，巨大的市场如同迷宫一般错综复杂，其中暗藏着一两个妖怪也毫不奇怪。我时刻准备着与步步逼近的熊人进行对战，燃烧起无穷的斗志，同时开始找寻礼物。今天是旅行的最后一天了。

我想买一套印有阿拉伯文字的塑料餐盘。一问价格，一个大盘和五个小盘的套装要九十九美元。傻瓜，这样的东西值一万日元吗？

"这样宰客，我才不买呢。"

"这样啊，你很聪明啊。其实只要七十美元。"店里的大叔回答。

"太小看我了，二十美元足够了。"

"哦，你，这可不行，这可不行。"

"这样的东西值七十美元吗？"

"知道了，知道了，我说不过你。六十美元，成交！"

"二十美元。"

"你一直说二十美元，我从九十九美元降到六十美元了呢。你也让点步吧。"

"十五美元。"

"你也真是的！"

"六十美元也在宰我，我都知道。"

"啊，明白了，明白了。我跟你说实话，三十三美元，拿去拿去。"

"超过二十五美元，不要。"

"你真是不懂行情。算了，交个朋友，便宜

点,二十七吧。不能告诉其他店的人,给你特别优惠价。"

"知道了。"

我终于买好了礼物,得意扬扬地想要回去。忽然眼前毫无预兆地出现了熊人。原来他不是熊改造而来的怪物,而是一个男人带着一只戴嘴套的大熊。

刹那间,我屏住了呼吸,密切观察那个男人。他看上去既不可怕,也不强悍,出乎意料地只是一个平凡的中年人。不,不是平凡,几乎可以断定是一个可怜的老头。

老头儿说:"photo,photo①。"

是让我拍照的意思吧。太小看我了,拍了照一定要价一百美元吧。这才是熊人的真实面目。

伊斯坦布尔和熊到底有什么关系呢?不可理喻。的确是稀罕,但为什么是熊?我无法理解。而且,

---

① 英语,意为"照片"。

那只熊根本不会表演，只是默默地、一动不动地待着。眼神忧郁，无精打采，也毫无紧张感。靠这只熊拍照赚钱，想得也太美了吧。像猴子军团一样会倒立、后空翻或者大转轮以后再提钱吧。

我不予理睬，老头马上放弃了。正巧有白人游客经过，老头马上蹭过去："photo，photo。"终于成功让白人游客拍照了。仅仅看这种切换自如的速度，老头绝非常人。

之后，白人和熊人展开了激烈的争吵。我旁观了一会儿，自言自语地说："白人，你还是太单纯了。"然后便离开了。走了几步回头一看，老头正在挑动熊去吓唬不愿付钱的白人。真恶劣。

无论如何，在和熊人的战争中，我全面取胜，维护了世界和平。

在归途中，对着博斯普鲁斯海峡的夕阳宣泄了一腔热情后，我在路旁小店发现了刚才自己购买的餐盘套盒，只有二万二千五百土耳其里拉（约九美元）。关于这一点，现在并不重要，而且刚刚结束战争，我不想做任何评论。

先让印度人悔改吧

（斯里兰卡、印度）

斯里兰卡被誉为印度洋的一滴眼泪。

啊，很抒情的开场白啊，甚至能预感到感人至深的结局。我厉害吧！岛的形状像一滴眼泪。虽然也像大便，但我称之为眼泪。不用大便来形容，而用眼泪，这是充满诗意的日本古诗独有的娴雅、寂寥或者情调吧。读者们一定不耐烦了："知道了，快讲下去啊。"

我先抵达的是科伦坡，这里的红茶很美味。加勒菲斯酒店的红茶超级好喝，作为礼物带回去，大家一定会欣喜若狂的。"好吧好吧。"这么想着，我大量购买带回日本供自己享用了。

在亚洲的城市中，这里的街道整齐划一、十分美丽，给人焕然一新的感觉。但是不可以疏忽大意，敌人也不是省油的灯。

高级酒店旁边有一尊巨大的金色佛像，看上去粗糙廉价。我觉得有趣，不由停下来细看。于是，一个年轻男子走过来。他是哑巴，拿出纸片和卡片给我看。纸上写着："我们是残疾人福利机构的。现在我们为了翻新重建，进行募集捐款。"卡片是残疾人福利机构类似身份证一样的东西。

我想：那真是不容易啊！既然这样，来自富裕日本的我也不能坐视不理。他也听不见，于是我用表情表示同情。请节哀顺变！没有死人，我却深深低头数次。那么我给他一百卢比吧。

于是,他给我看另一张纸,要我签名。我一看其他捐款的人也签了名。令人吃惊的是,别人都捐三千卢比,最少也要一千卢比。啊,虽然肉痛,但作为有钱的日本人捐这点也理所当然。我给了他一千卢比。为了世界为了人类!我自己也觉得干得漂亮!

我离开佛像,向着大海步行。来了两个男人,一个像江湖骗子,一个像安静的哲学家。江湖骗子给我看一张卡片,说:"这个人是残疾人,不能讲话。他的福利机构要重建,需要钱。请善良的先生捐一点吧。"

"是吧,其实刚才在佛像那里,我给你的伙伴捐过了。"

"那是不同的机构。我们的机构也需要钱。"

"好吧,明白了。需要多少?"

"五千卢比。"

"我没那么多钱,一千卢比吧。"

"好的。"

一共捐了两千卢比,真是心痛。但那是捐给残疾人福利机构的,我的性格就是看到可怜人无法坐视不理。为慎重起见,我重复一遍,我的性格就是看到可怜人无法坐视不理。第三遍我就不重复了。"做了件好事。我真棒!真是一个好青年。"我尽情感受印度洋上迎面吹来的海风。海风吹拂着我那神清气爽的侧脸。

这时一个老婆婆走近跟前说:"我在孤儿院工作。现在这个孤儿院要重建……"

"啊?"

"一千卢比也行,能捐点吗?"

斯里兰卡的福利设施好像都在重建啊。其实这就是敲诈。我也不是什么做了好事、心情舒畅的好青年,只不过是个冤大头。而且是送上门的。而且是个肥肥的伸长脖子待宰的,很爽吧。

话说回来,对方是残疾人福利机构的,不应该胡乱猜疑。也许现在正在举办"斯里兰卡全国福利院重建活动"。

谜团一个接着一个，但我也不舍得再捐钱了。我正想狠狠心，诚恳地回绝，在孤儿院工作的老婆婆接着说："其实大家都捐至少五千卢比……"

从科伦坡出发去古城阿奴拉达普勒的列车晚了半天。列车开动起来，晃动得厉害。我想努力一动不动地坐着，但随着剧烈的摇晃身不由己地飞起来。有几个乘客随着颠簸跳了起来，就此站立着索性跳起舞来了。

离开阿奴拉达普勒，坐车游览了后阿乌卡纳、锡吉里耶、丹布勒，最后到达了古城波隆纳鲁瓦。波隆纳鲁瓦酒店是一座位于湖畔的美丽的白色建筑，前台有一个貌似经理的半老男人，很像《妖怪手表》里的蝇男。

我询问有没有空房间。

"呵呵呵,给你介绍一个好房间。你真幸运!伊丽莎白女王曾经住过的房间。日本来的小伙子,呵呵呵!"他竖着食指说。

我并不在乎是伊丽莎白还是野生爱莎,但酒店似乎引以为傲,房间内到处装饰着伊丽莎白女王的照片。房间只是大而空旷,毫不温馨。

进入卫生间,里面有坐便器。这一定是伊丽莎白女王使用过的吧,我也在这里大便了,因此作为"使用伊丽莎白女王的坐便器大便的男人",出乎意料地在英国现代史上名垂青史。

我仅仅为了炫耀写了这么多,除此以外,无话可说了,意见主张、观察结果一无所有,所以想尽快就此打住。

但是,以大便的话题收尾,岂不是跟"皮皮虾,我们走"或者"大吉大利,今晚吃鸡"等毫无新意的段子同样水准了吗?何况如果有人以此事来质疑我的人格,我个人并不在乎,但是愧对器重我的英国王室，因此大幅切换一下话题，下面说说印度的旅行。

印度真是太厉害了。我们日本人都遗忘了的爱啊、勇气啊、心情啊、西芹啊，那全是一派谎言。印度人真是无药可救。在斯里兰卡遭遇的福利机构重建团体是小巫见大巫了。

我打算坐人力三轮车。告知车夫目的地，谈好价格，他以为我不认路，只走了一点路，就骗我说："到了。""不是这里，去某某酒店！"我告诉他。他便回答："什么！你不早说，去那里要加十卢比。"

我去坐火车，有两个家伙不请自来，在我的卧铺上睡了一整晚。一张床上挤了三个人。所以多花钱买固定座位票毫无意义。除此之外，还有高价宰客，故意弄错找零，真是无可救药。

阿格拉这个城市由于泰姬陵而闻名于世。泰姬陵是大理石宫殿的坟墓，作为印度首屈一指的观光地，是游客们的必经之地。

我、H君和S小姐一起到达阿格拉，进了一家珠宝店（S小姐的称呼听起来像提供色情服务的肥皂店的员工，所以还是叫她S吧）。

珠宝店的老板也是一个酷似蝇男[①]的男人，不可与斯里兰卡的伊丽莎白男人混淆，所以为了方便起见，称之为"新蝇男"。

新蝇男随便打发了其他顾客，带着我们三人进入魔术镜后的里屋。他拿起桌上的照片说："这是久美子。久美子是我的朋友，我去她家玩过。"

那又怎么样？有几张照片是他和久美子的合影。你们是朋友，嗯嗯，太好了。

"所以说，我很喜欢日本的年轻人。"

嗯嗯。

"看来你们值得信赖，那么我有一个好消息，只告诉你们。"

---

① 指啰嗦的、惹人厌烦的男人。

新蝇男煞有介事地从桌子下取出一个网球大小的袋子，说："只是有一点，这是违法的。我相信你们，所以告诉你们，你们要发誓绝对不能外传。"

好好。

"这是只能在印度采掘到的宝石。"

袋子里装着不少比较不起眼的宝石。

他用手指着，一一告诉我们：黑宝石、猫眼、绿宝石。猫眼的确浮现着一道细白光泽。我完全不懂宝石的价值，但这些的确不像假的。

"希望你们帮我带到日本去。"新蝇男说。

"印度对宝石的出口收取高额关税。以正规渠道出口的话，根本赚不了几个钱。"

也就是说希望我们帮他走私。

"当然，自己带去可能会被海关查到，所以用邮寄。请帮我拿到御徒町的珠宝批发店。"

真不想参与这么危险的事啊。我们三人流露出担心的神情。

新蝇男继续说:"但其实邮寄也有风险。一个人如果邮寄超过五百美元价值的东西,就会被认定为出口,而不是个人物品。所以,只邮寄低于五百美元的东西。"

由此看来,邮寄运输的过程并不触犯法律。

"当然,也不会白白让你们干。如果你出五百美元买下,在御徒町他们会以三倍的价格回收。你们可以赚取一千美元。"

可疑,太可疑了。真的在御徒町卖得掉吗?谁知道啊。

"不能相信他。"我说。

"行吗?我相信你们日本人。"新蝇男说着,拿出日本人手写的信件。上面有日本学生的签名,内容是关于走私的手法。在信的结尾,这个日本人说自己通过这种方法赚了很多钱。

"那么我有一个办法,"新蝇男点点头,似乎理解我们的疑虑,"如果你们在这儿用信用卡支付,我把你们签名的刷卡小票一起邮寄去日本。如果你们卖掉了宝石，再把刷卡小票寄还给我。如果不能卖出，你们的钱也不会被划走。怎么样？"

"这样的话可以。但是对于你来说，也许宝石会被骗走。我们刚刚认识，你信得过我们吗？"

"日本人很诚实，我相信你们会守约。"

也许新蝇男是个好人，人不可貌相。

我们签名后，看着新蝇男打包了宝石，连同装着刷卡小票的信封，在邮局丢进邮筒。我们事先预想到了新蝇男可能会欺负我们语言不通，对邮局工作人员说："不要投递到邮筒。"但真的当面给我们印了邮戳。

就这样，我们一下子赚了几万日元。我们莫名地感到高兴。终于知道原来印度也有好人。我们带着满足的疲劳感，离开了新蝇男的珠宝店。

于是，我们又学到了一课。

在印度我们找到了深受文明荼毒而被忘却的珍

宝，比如信任他人、信任才能拯救自我、罪恶者是幸福的、需要悔改、看我在这儿，等等。

也许我一直为世界、为人类鞠躬尽瘁，所以一定是物以类聚，好人遇到好人吧。之后，三人去看了马戏表演。"可怕的喝水男"把大约四升、五大杯的水一饮而尽，然后又吐回水杯里，令人咂舌。但是看到他吐的比喝的更多，不由觉得这表演真是恶心。

后来，回日本后把寄到的包裹拿到御徒町，根本找不到那家店。想卖给其他店，却说只值一万日元。而且刷卡小票就此石沉大海，不见踪迹。原来邮局也是他的同伙。

悔改吧，印度人！总有一天会打倒你。

追记

难抑后悔之念，故咏诗一句。

"信任他，就把他抄起来摔在地上。"①

---

① 日语中，"抄起"与上文的"拯救自我"发音相同。

冰乌龙茶之谜

（中国香港）

小曾和小李夫妻俩居住在一幢四层公寓楼里。距离港湾不足百米，却要爬上一百多级垂直的台阶。香港是个处处坡地的山城。

公寓像日本的集中住宅区一样，玄关位于楼梯平台。各家各户的玄关都装着铁栅栏的防盗门。居民先打开防盗门的挂锁，然后开门进入室内。但也并非因为这里的居民特别有钱。

小曾说:"香港治安不好,所以到处都装着铁栅栏。"

阳台的窗框前也装着铁栅栏。阳台是背阴面,照不到阳光,所以感觉如同被囚禁一般。

到了家里,小李为我准备了午饭(在香港,结婚以后女性也不改姓)。虽然是午饭,却吃油腻腻的荤菜,而且量很多。我在飞机上已经吃过了,所以马上吃饱了,还剩了一半。在香港,午饭吃这么多吗?

吃不下了。小曾看到我痛苦的表情,教我说:"吃饱了,广东话说 pao。"

于是,我说:"我 pao 了。吃得太多了,小曾你再多吃点。"

"什么?我才 more pao 了。你多吃点。"

"more pao 是什么意思?"我问。

"就是比你更饱的意思。"

哦!真狡猾。于是,我也说:"不不,我才是

more pao。"

"是吗,那么,我是 ge chi pao。"

"ge chi pao 是什么意思?"我问。

"嗯,那是非常非常饱的意思。"嗯嗯,原来你还有这招。

"那么,我才是 ge chi pao。"

"不不,我才是 ge chi pao。"

"我不认输,我才是 ge chi pao。"

"太天真,我才是 ge chi pao。"

"哼!你不过是 pao。"

"闭嘴!pao 的是你,我才是真正的 ge chi pao。"

"退下!我才是 ge chi pao。我厉害,退下退下。"

我们关于 ge chi pao 争辩不休。

香港的夏天 ge chi 热。

我在小曾家附近漫无目的地散着步,忽然想喝点冰饮,就进入了路边的便利店。但是,冰饮料只有可乐和橙汁,没有咖啡、红茶,也没有蔬菜汁或酸奶。偶尔也能找到运动饮料,但不太常见。和日本的便利店完全不同啊。

我问店员:"有冰乌龙茶吗?"回答没有。真傻!乌龙茶啊乌龙茶。香港属于中国。怎么可能没有乌龙茶?

对了,一定是我的发音不好。

"wu long cha。明白吗? wu long。"

"……"

"wu → long cha,不对,wu long cha↑,还是 wu long↑cha,不对……"

"你去茶馆吧。"店员冷淡地说。

听得懂的话早说啊,害我说了那么多遍。

我看到一个茶铺,于是点了乌龙茶。服务员要给我倒热的。

"我要冰的。这么热的天,喝得了热茶吗?"我强调说。

"没有冰乌龙茶。"

"在日本有冰乌龙茶。"

"冰茶对身体不好。"

"要这么说,可乐更不好。"

"这这,冰茶,啊?太奇怪了。"

我不知道她是否这么说了,也许没说,反正是这个意思。

回去一问小曾。

"没有冰乌龙茶。"

"为什么?"

"茶不应该是冰的。"

"没有冰的大麦茶或者乌龙茶吗?什么都没有吗?"

"怎么可能有冰茶呢?"

"笨蛋!在你们国家难道没有一个人冰镇了茶、喝了以后觉得很好喝吗?不是说'美味四千杯'①吗?"

---

① 乌龙茶的广告词。

我无法理解。

当晚,小曾请来姐姐和姐夫,在餐厅请我吃饭。依旧没有冰乌龙茶。而且肚子又是很饱,却被一个劲地劝吃,真是生不如死。

次日是周日,早上小曾约我去金鱼市场。

一个男人,似乎是小曾伯伯,主动提出带我们去。他是金鱼迷,或者金鱼痴、金鱼控,一般不这么说吧。但是,去了以后,粗粗看了一下,就说:"那么去中华料理大饭店,吃早茶吧。"

又来了。

这么大清早,谁会来吃早茶?谁知一进去,有大约一百万人在吃饭,热闹非常。

"在香港,周日早上要吃早茶。"小曾说。

香港马上要回归了,这副样子行吗?

"下午去见我的父母。"小曾又想出一个可怕的主意。

"不用了不用了,不用费心。不要去打扰你父母安静的生活。我不能两手空空地去见他们……"这次我一定要顽强地抵抗到底。

"什么啊,不用客气。他们欢迎客人来,喜欢一起看《小钦的化装大奖赛》①。"

嗯?这么一犹豫,就倒霉了。我沉默的一瞬,事情似乎就这么敲定了。原本想要顽强地抵抗到底,却在敌人的偷袭下败下阵来。话说为什么是化装大奖赛呢?在香港也播放吗?疑团重重。Ge chi pao 的斗争似乎还要继续下去。

次日,小曾带我去老同学诗人小钟家玩。当然,我预计将会受到更隆重的暴风骤雨般的欢迎。以前在中国旅游时也受到了小钟的关照,所以只有下定决心,坚强面对。

---

① 日本的一档真人秀节目,中文译名为《超级变变变》。

小钟住在靠近中国大陆的新界地区的元朗。从香港岛乘坐气垫高速船到屯门，再坐地铁去元朗。然后坐车来到充满田园风光的小钟家。他家养着大猪。

也许乡下的房子都这样，进入玄关，眼前就是餐厅。在泥土地面的房间里放一张桌子，就是餐厅了。

正好是傍晚时分，事情发展得如同我预料的一般，那么吃点晚饭吧。小钟的父母、兄弟姐妹、邻居大叔、邻居孩子都出现了，一众围坐在圆桌旁。也许因为不常有客人来，也许每天都这样，他们显得兴高采烈，叫嚷着、训斥着、大笑着在屋顶奔跑。

不久，上菜了。我下定决心开始吃。

不过，这次不会让你们得逞了。我考虑了一下，因为我吃得太快了，结果大家都劝我多吃点。我本来就吃得快，这造成了我的不幸。一边聊天，一边慢慢吃就没事了。嗯，对的，这样就可以了。

于是，我又提起了还未解决的问题——冰乌龙茶。这里有这么多人，一定会有一个人喝过吧。

"小钟，在香港不喝冰乌龙茶吗？"

"什么？"

"冰乌龙茶。天气这么热，冰镇过的茶一定很好喝吧。"

小钟脸上流露出一种出乎意料的表情，怔怔地沉思起来。

"这个……"小钟沉吟一阵，终于开口，"这真是个好主意！"似乎有些在嘲笑我。

"马上试试。"言毕，小钟拿来一个盛满冰块的脸盆状容器，把热茶倒进去。我刚想说不是这么干的，却错失了说话的机会。未及开口，脸盆里已经倒满了茶水。

"不错啊。"小曾在一旁说。……跟我想的有些不一样啊。

小钟冲动之下倒好了，可是似乎没有考虑如何喝洗脸盆里的茶。思考了片刻，他拿来空茶碗，舀起冰茶喝了下去。好像不太好喝。

"怎么样？"

"……嗯，还是热茶好喝。"

不对，在白天汗流浃背的时候用杯子喝的话，肯定不同。

"这些都给你。"小钟说罢，把洗脸盆推到我面前。

"太好了。"小曾又说。

"嗯，好。"我回答道。但面对偌大的脸盆，心中并不喜悦。

然而，我依旧不能理解为什么没有冰乌龙茶。还是不死心，最后问一下小钟的父母。

"冰茶？哦，对了。"于是小钟的父亲消失在了里屋，拿着一个小箱子回来了。

啊！终于等到了传说中的冰乌龙茶吗？

果然，姜还是老的辣。这样复杂的问题还是应该问老人家。我感到安心了。

小钟父亲从盒子里面撮起一点茶叶，让我闻味道。

尽管闻了也不懂那是什么，但是我还是依言闻了一下。只是一般茶叶的气味，闻不出有什么特别。这难道是令我梦寐以求的（其实没有梦见）冰乌龙茶吗？

小钟爸爸深深地凝视着我："怎么样？"

我也不知道怎么回答。

"这是日本的茶吗？"

"啊？"

"我在想这是哪里产的茶。是日本的吗？"

"啊——？"

小钟父亲无语了。

神秘的茶叶在旋转圆桌上转了一圈。每个人都闻一下，撮一把看看，而孩子们在屋顶乱跑。最后，小钟父亲一锤定音地判断是日本的茶，茶的话题就圆满结束了，而我关于冰乌龙茶的重要问题也就此从话题中消失了。

我以为是洗脸盆，细细一看，却是一个洗菜盆，所以没问题，也可以喝吧。但谁都没有碰，就此被冷落在那儿，最后这笔账肯定算在我头上吧。

在南国得到教训

（越南）

越南战争究竟是怎么回事？

这个重要的问题十分深奥，这次先暂且不提。与之相较，越南快速发展的经济更受到全世界的关注。考察越南的经济问题更有建设性，而且与日本也直接相关，因此更有意义。但这是一个我想细细研究的问题，有待下次探讨。

我们越南采访队（其实并没有采访）从胡志明市开始了旅途。

抵达胡志明市的当晚，我们三个男人在酒店周边散步，忽然出现了一个骑着本田"超级幼兽"摩托车的风尘女子，向我们抛着媚眼。她从连衣裙、帽子、手套到摩托车，都是浑然一体的蓝色，好像秘密战队的蓝连者①。

目前我们跟蓝连者毫无瓜葛，所以视若无睹地继续前进。接着又出现了两个年轻女子，她们向我们搭话："一起去迪斯科吧。"这次旅行一开始就充满刺激啊。但是——我们三人还对越南的治安状态一无所知，而且无论在国内还是国外，都应该谨慎行事，不能轻率地与素不相识的女性在夜间游玩。这次旅行的目的是进行深刻的思考，我们对夜间游荡毫无兴趣，更何况还有一位女性与我们同行，现

---

① 电视剧《秘密战队五连者》中的人物。

在她还在酒店。不过两人的确很迷人，我们应该积极地考虑一下吧。对了对了，积极考虑一下。考虑考虑。放马来吧！

……

当然，这样的事还是不可以发生的。

我们从胡志明市去游览了信仰巨大眼睛的高台教总部——西宁。在归途中，打算去吃饭。

带我们去西宁的导游小黄和司机（大概名叫小何）随便找了一家貌似民居的三层小楼，停下车来。看上去不像餐厅啊，我一边想着，一边下了车。几个男服务员和身穿紫色制服的女子从里面蜂拥而出，矫揉造作地把我们带上二楼。我们也一同拥上了二楼。

二楼的房间裸露着混凝土，仅在中间摆放着圆桌，毫无情调可言。我仍然觉得这里完全不像餐厅，又隐隐觉察气氛有些异样，这时女人们脸带妖媚的笑容，在每个人身边落座。

我们不由心神不宁起来。

先在这个房间和女人们聊天，互相稍稍熟悉一点后，女人们窃窃地笑着："啊呀，真讨厌啊……"然后站起身来，把客人引到三楼。一旦摇摇晃晃地登上楼梯，那里就是不可告人的春光荡漾的世界。

导游小黄气急败坏地对女人们用越南语说："不是这样的，我们是来吃饭的。"女人们遗憾地起身，带着不舍抛着媚眼离去。

在店门口没有堂堂正正地挂出招牌，原来如此。

在这样的地方逗留玩乐还是不妥，于是我们纵观全局，进行了有意义的讨论。

"一定是越南战争时来了很多美国大兵吧。"

"的确如此。"

聊了太多女人的话题，现在开始聊一聊胡志明这个城市吧。

流淌着泥水的河流旁边是道路，城市也是灰头土脸、脏兮兮的。地上处处是红铁锈溶化似的水洼。热带植物也稀稀落落，在炎热的天气和灰尘中无精打采。

我真厉害！好像一直在看女人，其实在深入仔细地观察着一切。

我以为战后的城市是断垣残壁、满目疮痍，但是出乎意料并非如此，街头也不见战争孤儿或者伤残军人麦科伊上校（随口说说）。城市充满着活力。不过，路上的女性真的漂亮，不仅是我，谁都会注意到。一般的姑娘容貌都很出众。而且令我高兴的是，她们喜欢跟人打交道，喜欢聊天。

对了，对了！

我发现了。越南有很多美丽的女人。话题又回到了女人上，其实不是因为"春光荡漾"的女人多，而是因为大街小巷到处都是美女。大多数都是在路上擦肩而过，或从远处不经意间相视，没有实质性的接触。但如今想来，到处都充满着流转顾盼的美丽视线。

没办法。

再次强调，没办法啊。为了深入了解越南，理所当然，必须揭开她们的真实面貌。因此，仅仅这一次，和越南美女进行堂堂正正的交流是不可避免的。

我们在胡志明市中心的电影院时，一个身穿可爱的粉红色蕾丝衣服的小学低年级女孩高高兴兴地走近我们。高高兴兴是好事，不过你也太年轻了，不适合跟你交流。我在考虑跟比你年长的女人们交流。你就安安静静地回家吧。

我以为这个女孩想说什么，谁知她居然一下子抱住我的双腿。她使尽浑身力气，用双手紧紧抱住我的大腿，死也不放手。

我莫名其妙。

"我告诉你，我绝对不是你爸爸，而且现在正在深入考察同处亚洲的越南与日本的正确交流方式，你这样做也无济于事。"我不懂越南语，因此用严厉的视线警告她，采取不予理睬的战术，假装若无其事。

但是，她也是一副无动于衷的样子，似乎乐意就此"定居"在我的双脚上。我无法理解为什么突然发生这样的事。"别小看我，蕾丝女孩！"我暗暗叫着莫名其妙的绰号，下定决心，向人群走去，希望她能粘到别人身上。

果不其然，蕾丝女孩忽然离开了我，迅速地跑向同行的N女士和H，紧紧抱住双腿。被他们挣脱以后，又跑向我，如此反复。

也许她是需要被人关心吧？也许是没有父母的孤儿。这样想着，忽然觉得她很可怜，一滴眼泪从我的脸颊上流下……当然不可能。我们离开电影院，紧急撤退，采取分头行事、分散在人群的策略来对抗。我想："这下你跟不上了吧。"正在这时，她忽然大声而短促地叫嚷起来。

她一下子脱去衣服,把蕾丝衣服和内衣全部脱掉。就这么一丝不挂地一跃而入十字路口的喷泉里,再次大声叫嚷起来。

太激烈了。这是真刀真枪的战斗啊。不知道理由,但对她而言,她已经使出浑身解数了吧。

我缓缓地走向她,温和地说:"快穿上衣服吧。"……当然我没那么做,就此消失在人群中。

会安是一个古都,位于南北狭长的越南中部,保留着大量王朝时代的古迹。

我们在寻找旅馆时,来到一家小旅馆,虽然已经满房,不能住宿。但旅馆的年轻女主人美貌异常,令我一下子喜欢上了这个城市。

终于找到了旅馆,观光了市内,H和我商量了一下,得出了一致的看法:这样的话(其实没怎么样),男人们必须一起去了解越南的真实面貌。于是马上告诉N女士:"我们去外面吹吹夜风。"若无其事地梳理了头发，上了厕所，冷静了一下后，我们两人借了自行车，出去散步。

沿着河边的主干道路，排列着很多小店。在红蓝黄色的鲜艳的彩灯装饰下，播放着震天响的迪斯科音乐。好像很热闹啊。我们挑选了一家气氛不错的店，探头一看。刚才因为灯光昏暗看不清，原来基本上都是仅仅在户外摆放着桌椅，没有像迪斯科那样的设备。偶尔有一对情侣暧昧地伫立在昏暗的桌边，四周空荡无人。难道没有更让人热血沸腾的热闹地方了吗？

H和我从主干道路的一头骑到另一头，挑选了音乐和彩灯最热闹的一家停下自行车。

店内有人向我们招手，于是我们进去一看，一个大妈手指椅子："请坐。"这家店也没有什么客人，但看似也不会没有年轻女服务员。

"我白天当老师，晚上在这里打工。"大妈说。

谁也没有问这个问题。她感觉像是朋友的母亲一般，笑眯眯温和地接待我们。但是这里丝毫没有那种我们寻求的可疑暧昧的氛围。

"那女孩是我的学生。"她指的女孩也是姿色平平，跟花哨浮华的店面格格不入。那么越南的真相究竟如何呢？

大妈问我们喝点什么。

"有什么呢？"我们问道。

"果汁和冰激凌。"大妈回答。

"没有啤酒吗？"H问道。

"没有。"大妈笑着说。

我想说："当然也没有年轻姑娘吧。"但是反正问了也无济于事，所以没吭声，各自心平气和地点了柠檬味和橙子味的冰激凌。就这样，我们深思了公务员打工这样的越南现状，可以说达到了此行的目的。

首都河内一般市民的周末度假胜地应该是多宋

海滨浴场了,那里可以说是日本的湘南。当然海水很脏,而且脏的程度非同寻常,完全是泥水。我无法理解当初到底为什么在这里建海滨浴场,但即便浑浊,湘南毕竟是湘南。

手捧照相机、拍摄纪念照片的摄影师到处游走,为游人们拍照,尤其是常常极尽吹捧之能事,怂恿年轻女性拍照。因此,海边的情景异常火爆。

横躺在沙滩上、双手支颚的女人,蹲在波浪拍打处、遥望大海的女人,像山本琳达①一样扭曲腰肢的女人,场面一发不可收拾。摄影师犯下的罪行令人发指。

在多宋住了一晚,第二天乘坐从河内租来的车马上要返程时,我正巧独自一人在酒店旁散步,四个年轻姑娘从远处向我叫喊着。我不明白是什么情况,但对方是年轻女性,我也姑且挥手回答:"哦!"

---

① 山本琳达(1951—),日本歌手、演员。

我继续走了一会儿，也不知她们从哪里绕过来的，四人忽然出现在我面前，指着我的短裤说："你从哪儿买的？"

当时我穿着的是长度仅到膝盖、红绿橙三色佩斯利花纹的薄真丝短裤，简单舒适。

"斯里兰卡。"我回答。

"我想要。"一个可爱的圆脸女孩说。她大约二十岁。

"不行，我只有这一条。"

"你（真）帅。"

"谢谢。"可以积极地发展一下关系。

"来，来。"她拉住我的袖子。是一起去玩的意思吧。

"我要回河内了，不能去。"我回答。

"○□＃◎＄▲上床。"

嗯？什么？

我听错了吗？但是女孩继续拉着我的袖子，重复了一遍："○□#◎$▲上床。"并挑逗般地看着我。

这、这不正是我几乎不抱希望了的越南和日本的正确交流方式吗？如果是那样，应该堂堂正正地开展交流，这将会促进日越关系的飞跃发展。不错吧，不错吧。

我缓缓地把视线转移到酒店大门口。回河内的车已经整装待发了，N女士等三人无忧无虑地等待出发，有的还抽着烟。那里，风静静地吹拂着。

嗯，对了。

刚才不由得头脑发昏了，前文也提到过，来到外国应该谨慎行事，不能轻易对素不相识的女性有非分之想。这样的事是绝对不行的，这样的事无论如何都是万万不行的，原本不是为了这样的事来旅行的，我完全没有遗憾或者眷恋，也完全没有恋恋不舍，明白了，明白了，快回到车上。

为前途光明的年轻姑娘们着想的话，应该以毅然决然的态度明确回绝,如果会说英语或越南语,更应该好好教育一番。于是,我为了严厉警告她们,表情严肃地说:"我在河内还会待两天,一定不要来玩啊。明白了吗?是河内。"

为了以防万一,应该告诉她们我的酒店地址,但很遗憾,到河内之前,还不知道住哪家酒店。

从头到尾由我划船

（尼泊尔）

尼泊尔第二大城市（其实是个村子）博卡拉是一个好地方。这里，在首都加德满都看不到的喜马拉雅群山耸立在眼前，在清晨的寒冷空气中眺望朝霞笼罩的山景（Morgenlot）是大自然最好的馈赠。也许有读者不能理解，我特此说明一下，Morgenlot 中的 morgen 是德语，"早上"的意思，因此是"早上的 lot"。至于"lot"是何意，今天就先到此为止吧。

博卡拉是安娜普尔纳（山名）的徒步穿越基地，我不想攀登雪山，但还是爬到了半途。先乘坐吉普车到达登山口费迪，再爬一整天，到山岭的小屋住一晚，次日沿着别的山脊返回。可是在回程中，到达可以俯瞰博卡拉的村子——桑冉库特时，天色已黑。

山路只有一条，夜晚下山也不是不可能。但我隐隐觉得瞻仰一下清晨的喜马拉雅山美景也是一种乐趣，于是开始寻找住宿。前一天住宿在山中小屋，由于迷雾，没能一睹喜马拉雅山的风采。

但是，环顾四周，只见几间黄土墙、茅草屋顶的房子。有一间破旧的山中小屋，却已经没有空房了。

我无可奈何，心中暗暗盘算：算了，虽然山里有野狗和土匪，但勇敢无畏的我，不如不慌不忙地在山中露营吧。虽然这么盘算着，但还是不死心，向路过的村人询问是否有其他山中小屋。问了几个人，他们都一致回答："没有。"那么还是像个男子汉，无所畏惧地在异国他乡的陌生之地露营吧。啊！今晚是多么激动人心啊！想是这么想，还是继续问了两三个人："哪怕远一点也好，有没有住宿的小屋？"回答还是没有。那么，放马过来吧！最后还是死皮赖脸地问了一个孩子。夜幕已经完全降临了，最终决定住宿在那孩子家。

在此，为了维护我的名誉，必须强调一下，那个孩子为了慰问从日本远道而来、身怀重要任务的我，坚持一定要我住在他家。不过也许他没那么说……

忽然我好像在讲一个古老的日本传说，但这其实无关紧要。他的家跟周边其他的房子一样，用黏土夯成，屋顶铺着稻草。有窗户，却没有玻璃。

紧挨着他家有一个堆房，约莫五平方米大小，里面有一张单人床大小的木制方台，在上面铺上稻草，就成了我今晚的床。也许对方也抱有猜疑，或者是考虑到我的安全,在堆房外插上了门闩。

我被困在小屋里,透过小窗远眺星空,能够在异国的山野获得栖身之所,需要感谢大慈大悲的菩萨了。不,其实完全没有半点感激。但万一想上厕所了,该怎么办呢?这是我最担心的事。

基斯纳十五岁了,是长子,下面有三个弟弟妹妹。父亲不在家里,我没有细问,不知道去了哪儿。估计外出务工了吧。早上,我和孩子们一起席地而坐,用手抓吃他母亲做的咖喱。

地板是泥地,没有桌椅,铺上用稻草编制的凉席,盘腿而坐。一楼只有一个房间,既是玄关,又是餐厅,也是客厅。阁楼般的二楼估计是卧室,放着梯子。

咖喱里面有大块的土豆,虽然心里有些抵触用手直接抓着吃(没有洗手的地方),但味道不错。朝阳照入门口,真是一幅美景啊。转头一看,屋子里飞舞的灰尘在阳光下一览无余,很脏。

我提出：留宿了我一晚，至少让我付点钱略表心意。基斯纳推开我的手说："我在山里做导游。不如您雇我吧。"

"我已经要下山离开了啊。"

"我带您逛一下博卡拉吧。还有一个湖，一般人不会去。"

这次我用了故作年轻的口吻来对话，其实我也欠他一个人情，因此答应了他的要求。

我有预感，这篇文章文笔细腻，充满抒情性和文学性，一定会成为日本文学界一篇感人至深的不朽名作。

我们下山来到博卡拉。基斯纳说他是导游，他来拿行李。当时我还不习惯于旅行，大约带了二十公斤的行李。我不同意让十五岁的孩子背负如此沉重的行李，基斯纳若无其事地说："这是小菜一碟。"背上撒腿就跑。

在起跑的那一瞬间，他似乎有些轻蔑地说："跟着我。"不能小看我啊！我虽然隐退了，好歹曾是田径队员，短跑飞毛腿。而且身无一物，身轻如燕，跑下山路的速度可是令人胆寒的飞快。而对手背负着二十公斤的负担。这场比赛简直如同儿戏。

于是，我占有没拿行李的优势、身为大人的优势，对方熟悉地形的优势和我曾是田径队员的优势相抵消。我也跑了起来。下陡坡的时候，跑比走更容易保持平衡。虽然摔倒时会惊天动地，但我绝不会犯下这种错误的。马上就追上你。

山路只有一条，到山脚大约需要半个小时。我如果充分发挥实力，肯定会轻而易举地追上他。但山路狭窄，万一撞上而受伤就不好了。基斯纳的背影一下子消失在视野中，等我到达山脚时，他正坐在我的行李上悠悠地抽着烟呢。

"真慢啊。"他说。

你说什么？不，我的宗旨是山路上安全第一。过斑马线时要右看左看再右看，过火车道口要停下观察，纵向停车要 S 形曲线入库。这些都无关紧要，小孩子不要抽烟。还有，不要坐在别人的行李上！

在博卡拉，我们住在一家名叫"雪地"的便宜旅馆。

这家旅馆毫无特色，像一个喷上了白色油漆的混凝土箱子。直到退房以后，我才察觉到像一个公共厕所。

我懒洋洋地无所事事，基斯纳看中了我那五千日元的电子表，戴在手上，不知上哪儿散步去了。搞不懂到底谁是来旅游的。

我给基斯纳支付住宿费和餐费。虽然觉得有点浪费，可是一想到他让我留宿的恩情，不由忍耐下来。基斯纳也似乎心领神会地当自己是导游，所以应该由客人买单，每次买香烟，都用手指着我说："他付钱。"

渐渐地，我越来越不情愿了。

我也开始厌倦无所事事的状态了，于是决定外出，命令基斯纳带我去那个人迹罕至的湖。

出城后大约一个半小时，到达了贝格纳斯湖。这里也毫无特色，浅滩上被绿藻污染的湖水浑浊不堪。的确没人会特地来这儿。基斯纳提出去岛上，岛上也有一个隐秘的湖。

我们租借了手划船。但是，在此我必须解释一下。我划起船来，那可实在是非同寻常。不同于皮划艇比赛中那种强有力的划法，公园的手划船有其特殊的划法。我从小就被誉为"手划船池塘的长谷川先生"，受人敬畏。

基斯纳先自己开始划起来，划得非常糟糕，看样子估计是第一次。一个劲地在原地打转。我简直想讽刺他一下："不会划，就别说坐船嘛。"实在惨不忍睹，照这样下去，不知道何时才能上岛，于是我接替他划。

给你点颜色看看！我想着。但没有观众，还是给自己露一手吧。

然后，不知为何，装载两人的小船如同在水面滑行一般轻巧地前进着……事实却并非如此。船底是平的，很难掌控方向，结果目测三十分钟的路程花了约一个小时。没有按照计划进行，但问题不在于此，而在于，这期间基斯纳坐在船头眺望喜马拉雅山，悠闲地、"呼——"地吐着烟。

你小子，你不是导游吗？"呼——"应该是我干的事。

"这小子皮痒啊！"我的脑子里忽然冒出了一句强势的关西方言。

看了岛中湖后，我命令他："回程你来划。"

花再多时间也在所不惜。导游是基斯纳。我不抽烟，但无论如何要悠闲自在地"呼——"。我是为此才来尼泊尔的。

基斯纳不太情愿地在湖面上划动起来。虽然划得糟糕，但也并非停滞不前。花一个小时也无所谓。时间充裕得很。

就在这时——

天色阴沉下来，漫天乌云从山那边不断涌来，忽然下起了骤雨。一开始在水面上稀稀落落地溅起同心圆，不久雨势增强了，水面在雨点的冲击下泛起无数三角形波浪。我感觉呼吸困难，视线也模糊了，更糟糕的是，船舱内开始积水了。

原本就是一条破旧的小船，有点漏水，加上倾盆的大雨，小船马上开始加速进水。不巧的是，当时我们的小船正位于小岛和湖岸的中间，无论回到那边，都必须划半个小时。

我抢过基斯纳手中的船桨，向着岸边划去。

我让基斯纳把船舱里的水倒出去。

万一小船沉没，也可以游泳抵达岸边，但我不想弄湿照相机，也无心与租船人交涉，更何况不知道水里栖息着什么生物，也许有鳄鱼或田龟。

我们两人都使尽浑身解数。不是我自夸，小船飞驶在水面上。真是千钧一发。奋力到达岸边时，我的两臂已经酸胀不已了。

最后总算平安渡过湖面,今天也保卫了世界和平。

稍事休息后,我们心情舒畅地开始返回博卡拉,在前方的天空中挂着一道大大的彩虹。可喜可贺!但细细一想,往返两小时,不都是我在划船吗?为什么是我划船?作为顾客的我为什么要划两个小时的船?我的"呼——"呢?

发生了"呼——"事件以后,我对基斯纳的感情忽然大大地失衡了。此前,我内心还深深怀着让我留宿的感谢之情,事到如今,已经恩断义绝了。

我下定决心,取消了为基斯纳预订的"雪地"旅馆的标准间,换到附近的"角雉"旅馆。

"导游费要多少?"

"你随便给吧。"基斯纳回答。

"说吧。"

"一般是一天七十卢比。不过多少都行。"

换算到日元大约五百日元。

可是,我付的餐费、住宿费是否要算进导游费呢?我不知道该怎么办。基斯纳说随便多少,因此即便我还价,他也无话可说吧。我心中开始烦闷起来。简单地算两天一百四十卢比吧。估计他在漫天要价,还他一半价钱吧。我一看钱包,没有正好一百四十卢比,只有一张一百卢比和一张五十卢比的纸币。很难开口要找零。

基斯纳沉默不语。

我把自己的东西塞进背包,脑子里不停地在盘算。一边想,一边把破了两三个洞的袜子扔进垃圾箱。我特意带了有破洞的T恤,已经脏了,估计不会再穿,于是一起扔掉了。基斯纳把它们捡起来,问:"不要了吗?"

"不要了。"

他好像要带回家。

我的眼前浮现出了他弟弟妹妹的身影,心中泛起一丝暖意……其实完全没有。作为教训，我领会到了：来自物质上比尼泊尔远远富裕的国家，我的脚却比尼泊尔人民的臭一些。袜子应该洗干净以后再扔掉。

我递给他一百五十卢比。

我也没说："给我找钱。"就此作罢。

不仅没有还价，还多付了十卢比。但是，换算到日元，不到一百日元。与之相比，向他要找零更令人局促不安。

基斯纳要回桑冉库特的家，而我搬到了"角雉"旅馆。厕所是公用的，但旅馆明亮而又整洁，很不错。

来到阳台，只见基斯纳走在通往大山的路上。

一瞬间，他回头对我举手示意，我也举手，眼泪不知不觉地流了下来……骗人的。从阳台上只见喜马拉雅山脉白雪皑皑的群峰。

小思的放屁马

(缅甸)

缅甸（Myanmar）旧称为 Burma。

我在泰国大城旅行时，当地导游沉重地说："Burma 来了，Burma 来了。"我想：运动短裤①来了，不是值得庆贺吗？原来说的并非运动短裤，而是远古时代缅甸入侵大城的历史。

---

① 日本女中学生穿的弹力运动短裤，与缅甸的旧称发音相近。

这些都无关紧要，话说我和朋友三人来到了缅甸。通常我一到达旅行的国家，就会立即确认回程的机票。但是到达首都仰光（当时的首都）是周日，航空公司的办事处不营业。我们决定在其他城市打电话确认，于是直接坐上夜间列车向北行进。

我们的目的地是蒲甘。

蒲甘与柬埔寨的吴哥窟、印尼的爪哇岛并称为东南亚三大佛教古迹，但与后两者相比，蒲甘并不那么热门。在这里可以看到两千多座佛塔分布在广阔平原上的壮丽景象，是可以同时欣赏古迹和地平线的为数不多的景点。

到达蒲甘，我们办理了入住手续后，在酒店门前，打算立刻租借自行车开始观光。这时，一个男人走过来说："要坐马车吗？"

只见一辆带篷的马车在一旁等待，似乎可以乘坐马车来观光蒲甘的名胜古迹。借自行车更经济实惠，但乘坐马车也别有乐趣，于是我们选择了马车。

男人有点粗鲁,自我介绍叫"小思",面带生意人的市侩笑容,看上去不像坏人。

那么,出发吧!这时,一个头戴白帽的少年凑近:"要请导游吗?"

请导游开销就大了,我想回绝。少年手拿英语词典,一副正在学习中的样子,我无法拒绝,最终还是带上了他。少年自我介绍名叫"维维",真像熊猫的名字。

我问他:"这是你的姓还是名?"他回答:"我的全名就叫维维。"那么,第一个"维"是姓氏,第二个"维"是名字吧。不可能吧。搞不懂。

我继续问:"那么,小思,你的'思'是全名吗?"他回答:"对!"那么 s 是姓氏,i 是名字?还是不明白,谜团重重。

后来认识的一家人,长女名叫"拉拉维",第二个儿子名叫"超超维",都是"维"字在后面,所以估计那是姓氏。可是第二个女儿却叫"维麦加",

"维"字在前面。这有些出乎意料,不过可以肯定的是"维"是姓氏。但是长子居然叫"东纳伊",我不明白这到底是怎么回事。

马车奔跑在平原上,凉风拂面,令人舒畅。马车真是一个正确的选择。实在要挑剔一下的话,马车向后方倾斜,如果坐得太靠边,会滑落下去。只要坐在靠近马的一侧,就没有问题。

忽然听到有节奏的"噗噗噗"的声音,那是什么?原来是眼前的马一边跑一边在放屁。

我留意看了一下,它有时还在拉屎。大便沉甸甸地坠落下去,可是屁一定轻飘飘地随风向后方飞来,虽然没有臭味,但是我再也不愿意深呼吸了。

我想抱怨几句:"小思,你的马在放屁。"但是不知道英语怎么说"屁",于是用日语表述了不满,小思却只是在混杂着马屁的空气中静静一笑。

我们顺道去了一家大酒店,打电话确认完机票,了却一桩心事以后,打算去参观一个叫"瑞西光塔"的著名佛塔。

维维似乎想展示一下平时的学习成果,开始用英语讲解起来。可是,他的英语磕磕巴巴,我们会的英语也是只字片语,因此完全听不懂。只听到公元几几年什么什么国王什么什么的,片刻就厌倦了。原本即便是日语,听景点的解说也是会令人厌烦的。于是,我们三人面朝维维,缓缓后退,企图逃脱出去自由地观光。只有这个时候,维维略显老成地大怒道:"给我听好!"

我想说:"不用了,不用解说了。"但又一想,他好歹是个导游,如果我这么说,也太欠顾虑了。于是,我祈祷维维的精神集中在别人身上,让我逃脱此劫,可是他却对我全神贯注,把焦点对准了我,好像在说:"一定不能让这家伙跑了。"结果是我一个人带着维维四处转,真是太失败了。

离开瑞西光塔,维维在马车上生气地说:"为什么你们不能好好地听解说?"

"我为了外国人能了解蒲甘才学习英语的。可是你们为什么不听呢?"

我们无言以对。我们理解他的心情,可是说实话,我们觉得听解说很麻烦,因此无可奈何。一时间气氛有些紧张,但这期间,小思依旧在混杂着马屁的空气中不紧不慢地驾着马车。

不久我们到达了塔达玛雅吉佛塔。这也是一个著名景点。一个年轻漂亮的女孩在路边摆出了摊位。细细一看,除了年轻女孩,还有其他人也摆着摊位。我假装没看见,只在女孩的摊位前游荡。于是,女孩指着我,向我搭话了。

我的策略成功了!

通过维维翻译,我才明白原来她看中了我穿着的T恤。这是来仰光前在曼谷买的。

原来如此。

女孩拿出自己店里卖的猫头鹰礼物说："想用这个跟你的T恤交换。"但是，如果脱掉T恤，我就没衣服穿了。

怎么办？我有些苦恼。缅甸还是一个物质匮乏的国家，看到有困难的人就应该伸出援手。好，那就给她吧。给你吧，姑娘！一两件T恤是小意思。当然，我绝对不是觉得这个女孩很可爱或者很漂亮才这样做的，完全没有心怀不轨，仅仅是出于一片心意，想赠送她一件T恤。

旁边店铺的小孩也任性地说想要圆珠笔什么的，我又不是做慈善的，便断然拒绝了。因此，我把对全人类所有的爱都倾注到了T恤上。

但是，我现在不能把T恤交给她，于是请她在傍晚时分、我们结束一天的观光以后来酒店取。我接过猫头鹰礼物，暂别了女孩，再次乘坐小思的放屁马，作诗一首："世界是一家，人类皆兄弟，一日行一善。"

结束一天的观光以后，我们回到酒店。

途中，在马车上看到夕阳下的蒲甘美轮美奂。天空中星辰开始闪烁，夜风也带着些许凉意，十分舒爽。

马依旧在"噗噗"地放屁，渐渐地，我也不再介意了。我无意间问起小思的年龄，他回答："二十二。"我们有些惊讶，以为他有三十左右了。也许是因为长时间呼吸马屁，所以变成这般容颜了吧。

我们告别了维维、小思和放屁马，回到酒店。

女孩应该马上来拿T恤了吧。我忽然想到了一个问题，从社会常识考虑，这次有必要邀请她共进晚餐，那样才算有礼貌吧。

当然我不是出于这个目的才给她T恤的。"给你T恤！""好，谢谢！"这也太冷淡了吧。也许她也并非为了区区一件T恤，可能对这个来自日本的帅哥感到心头鹿撞，最后下决心采取行动，想索取他的随身物品，类似学生制服第二颗纽扣一样的心理吧。再说了，她是卖东西的商贩。但不卖东西，反而一上来就要T恤，是不是本末倒置了。我是她老板的话，一定会教训她好好工作。

嗯，居然在这样的地方收获了出乎意料的告白。虽然还不能完全确定，但以防万一，我在换T恤时顺便洗了个澡，再梳了个清爽的发型，也大致留意了一下餐厅，在酒店前等候她的出现。

这时，正好一个拖着鼻涕的小孩路过，一看到我，就马上凑过来。他不会又是要圆珠笔的吧。于是，我避开视线，心中默念："走开！"但"敌人"继续接近，最终发现了我手上拿的T恤。

T恤非常花哨，总是能引人注目。而且，不幸的是，他好像在说："给我。"干什么啊！讨厌的小鬼！这已经有人要了。不能给你。

但他还是不依不饶，纠缠不休。我正感到为难，一个会说英语的缅甸人路过，给我翻译："这孩子说

'给我T恤'。"

"这是给别人的,不能给他。"我回答。

那人说:"这个孩子说,他是跟你约好的女孩的弟弟,他来拿T恤。"

啊?

……原来如此。是弟弟。如果是这样,我毫无异议。因为本来就是这么约好的。我把T恤交给了鼻涕虫。一切都如预料一般,毫无问题。对于用在曼谷刚买的新T恤交换一个区区的猫头鹰礼物,我感到无比的喜悦。

次日,我们约定让小思的放屁马送我们去蒲甘机场。

然而,到了约好的时间,马车仍不见踪影。在酒店前,其他马车的车夫过来拉生意:"带你们去机场吧。"但是我们和放屁马有过约定。小思失约在先,因此坐其他马车也可以,可是我们坐了一整天小思的放屁马,对它有感情了。我们希望能得到好运，乘坐小思的放屁马有始有终地圆满结束我们的旅程。

亚洲人时间观念不强，也无可奈何。但是，小思过了约定时间十分钟、二十分钟仍然不来。距离飞机起飞的时间有限，不能一直等下去了。眼看已经过了三十分钟，我们毫无办法，只好决定选择其他马车。

马跑起来后，也开始"噗噗"放屁了。

原来马都放屁啊！我才知道。小思的放屁马，我叫你放屁马，真是对不住了。小思虽然沉默寡言，但是个好人。维维也是个好孩子，以后见不到了吧。

在蒲甘短短的一天真是太完美了。我好想再来啊。

这么想着，前方出现了小思的马车。好像他把十五分搞错成了五十分。所以说英语还是靠不住啊。"十五"和"五十"的区别简直是一个陷阱。

我们给现在乘坐的马车支付了到机场的车费，

换乘了小思的马车。还要另外给小思车费，所以亏了，但想想也罢，蒲甘的最后一程就此落定。

去机场的途中，小思的马仍然继续放屁。

小思也依旧呼吸着混杂马屁的空气，默默地驾驭着马车，也不道歉说："对不起，我迟到了。很抱歉啊。"

回到首都仰光，我却发现电话确认过的机票竟然没有确认好。

叫来海蛞蝓，海蛞蝓！
（巴厘岛）

巴厘岛，现今在日本年轻人之间甚嚣尘上的巴厘岛。

屁颠屁颠地去海岛度假的男人，真是没出息，毫无阳刚之气。日本的年轻人真是无可救药。其实，我已经去过两次了呢。

本来，度假海岛那样不正经的地方，我只去过塞班、普吉、芭提雅、丹绒亚路、波纳佩、帕劳、新喀利多尼亚、迈阿密。

在塞班军舰岛，我不情不愿地坐了香蕉船；在普吉岛，我毫不乐意地试坐了喷气船；在帕劳，虽然心中不喜，还是坐游艇进行海上巡游；在新喀利多尼亚，不顾寒冷，潜入松木岛的大海；在迈阿密，虽然口口声声说讨厌，但还是挑战了水上滑板。真是痛苦而又无奈啊。但如果还有读者希望我挑战水上运动，请大胆地提出来。

在巴厘岛，我玩了拖曳伞。我身系降落伞，在摩托艇的拖曳下飞行。可以一下子升高到十层楼的高度，抖抖腿，挥挥手，好不惬意。从海岸边出发时的那一瞬间，猛力被拖曳飙高，感觉到无比的快感。另外，身材沉重的大妈在被拖曳的瞬间跟跄摔倒后，就此被一路拖过海滩，全身伤痕累累、血迹斑斑，直至被拖进海里。那幅情形作为充满动感的夏日一景，广受印尼百姓的青睐。

在水上运动中，我也喜欢浮潜。但是努沙杜瓦海滩和库塔海滩的大海并不美丽，因此巴厘岛不适合浮潜。

对了，说到浮潜，我忽然想到：水肺潜水十分流行，相关杂志也层出不穷，却没有看到过浮潜主题的杂志，是何道理？

导游书和旅行杂志上会介绍美丽的海滩和潜水体验，却不介绍浮潜的话，那么，海水透明度如何、有什么种类的鱼、有没有珊瑚礁、有哪些注意事项，等等，就无从得知了。这又是为何？

实话实说，其实我酷爱浮潜。当然除我以外，世界上还有无数浮潜爱好者。告诉你一个并不为人所知的事实，其实日本的正冈子规①酷爱浮潜（骗你的！）。

为什么不出版比如《浮潜杂志》《自由潜水月

---

① 正冈子规（1867—1902），日本歌人、俳人。

刊》《潜水迷》等杂志？退一万步讲，至少在旅行杂志中设置一个"浮潜专集"吧？因此，不去实地，全然不知道海水的清澈程度如何。旅行杂志上的广告宣称的"美丽的珊瑚礁"，其实要出海很远才能看到；去实地一看，其实海水浅浅的，沙滩延伸至大海深处，所以鱼不多。事实上，适合浮潜的海岛不易找到。

在沙滩上，偶尔也会有鱼游来，作为浮潜爱好者，更希望看到不常见的生物。没人明说，但所有人都期待见到珍奇的生物，并为此激动。

例如，在沙滩上有时会看到鲽鱼。区区鲽鱼不足为奇。刺冠海胆（长满长刺的黑色海胆）或者海葵也很常见。蓝海星勉强给两分吧。

相反，令人满足的生物，比如鱿鱼或章鱼（各五分）。但是，海蜇属于减分对象。没有理由，减分就是减分。如果是葡萄牙军舰水母等，就算之后能连续遇到难度系数为 D 的生物，也难以挽回败局。

能获得高分的应当是海蛞蝓了。对了,不是有海蛞蝓吗?快叫来海蛞蝓。

那么,海蟹怎么样?嗯,这个问题有点复杂了。海蟹并非罕见的生物,在海岸上也能看到。虽然海岸上的海蟹似乎可以轻而易举地看到,事实却并非如此。谁都没有正面五十厘米近距离地观察过,往往海蟹在视线的角落里,刷刷地爬过。如此说来,如果能在海里清晰地看到无处可躲的海蟹,那么可以决出胜负了吧。

有一次我发现一只依附在栈桥桥墩上的海蟹,用木棍戳下,把它带到广阔大海中。我做了一个实验,把它逼入无可依附的境地,观察它的反应。令人吃惊的是,海蟹游了起来。

那种形态的生物,像游泳或者像飞翔一般在水中移动,它试图抓住什么,向我这边靠近。我本来不是大海里的生物,想要依靠我似乎违反游戏规则吧。对方似乎顾不了那么多了,慌慌张张地迫近而来。我数次用木棍把它捞起，向远处抛去，让它游泳。

对了，为什么我说这么幼稚的故事呢？我也不清楚，反正继续说下去吧。当时就此结束了，次日，在其他海域游泳时，总感觉后背刺痛。我心中奇怪，脱了T恤一看，竟然有一只海蟹牢牢依附在T恤上。

由于是全然不同的地方，因此绝对是别的海蟹。似乎海蟹这种生物喜欢抱住我。之后，也有小鱼紧紧追着我跑，似乎我是海洋世界里人见人爱的人气王，对我的追捧悄然成风。我自己也神魂颠倒了。

不知道说到哪里去了，对了，我说的是巴厘岛。

我是跟公司数名同事一起去的巴厘岛。在随性的观光和海上活动结束后，傍晚我们决定尝试一下迷幻蘑菇。

但是，我们不知道哪里可以搞到手。本来迷幻蘑菇是违法的，而且虽然不知真伪，但听说外国人被逮捕也会被判终身监禁。

哼！堂堂男子汉，这样的威胁毫无作用，啧啧！其实这并不是威胁，而是法律规定的。我眯着眼睛，故作深沉，和同事M一起外出了。一般的餐厅里也不会打出招牌说"供应迷幻蘑菇"，于是在跟我们搭话的可疑小哥中选了一个比较靠谱的，小声询问了一下。刹那间，他紧紧盯着我们，眼神略带凶险："一共几个人？"忽然，剧情发展得有些冷酷小说的风格了。冷酷帅气的感觉令我不忍马上作答。我们也配合气氛，皱起眉头，毫无意义地交换眼神后回答："六个人。"

"我准备一下，傍晚几点几分到酒店前面的路口来，我派人去接你们。"

男人说完，迅速地消失在了马路上的人海中。其实并没有马路，也没有人海。

我们在约好的时间去了路口，说派人来接的小哥亲自来了。也许，他根本没有那么说。我只是在装酷而已。

我们六人坐上了卡车的后车厢。其中包括一个年轻女孩,所以我们男人有些紧张,千万不能让她出事。如果在迷幻蘑菇的作用下,迷迷糊糊地让她被陌生男人掳走了,就闯下大祸了。但同时没有人知道迷幻蘑菇会带来什么影响。T前辈还豪言壮语地说:"对于我,普通的印度大麻已经不起迷幻作用了。"于是,大家过于乐观地想:总有办法的。

我们被带到了热闹商业街旁的小巷里一家像日本乌冬面店一样的普通饭馆。一个年轻而又质朴的女子在等待着。我们想象的是秘密的地下酒吧一样的地方,所以不免有些扫兴。

在廉价的木桌旁落座以后,小哥扳着手指说:"汤、煎鸡蛋卷、果汁。"

他是在让我们挑选迷幻蘑菇的做法吧。我和另外三人选择了汤,还有两人选择了煎鸡蛋卷。果汁令人感觉恶心,谁都没点。结果,端上来的汤和煎鸡蛋卷也够恶心的，满满一碗蟹味菇一样的蘑菇。我们一时面面相觑。

吃这么多没事吗？或者说，不吃这么多没有效果吗？我不知道。

那么吃吧！话虽如此，却有些犹豫。先毫无意义地近距离观察，细细端详，嗅嗅气味，再看情况用勺子戳戳，然后大家同时开动了。

吃了一半，我停下来冷静地观察自己，毫无变化。我的判断是，不多吃点没有效果吧，所以最后全部吃完了。

毫无变化。

难道本来就不是什么大不了的东西？或者是过一会儿才显现效果？最后我们乘坐来时的卡车，返回了酒店。不能在大街上发作。

夜幕已经降临。满天繁星，闪闪发光。晚风拂面，十分舒服。对了，这里是南半球，应该可以看到南十字星。O前辈坐在我的前面，他的头发在风中拂动，痒痒地滑过我的脸，让我无法不在意。前辈的头发竟然像霓虹灯一般发出绿光。太亮了，难怪看不见南十字星。

说到南十字星是浪漫的，但是星座都有点牵强附会。大熊座、小熊座、天鹅座、天蝎座，没有一个可以辨认出来。

我忽然觉得胸口难受，啊的一声，吐了一口血。

我吃了一惊，身体开始起排斥反应了。"不是血，是山竹！"M胡言乱语起来。

我伸手把嘴里的血糊抠出来，意识到自己有些头脑混乱。

"那是山竹，那是山竹。"M还在说。真是个奇怪的家伙！

我钻到被子里，静静忍耐。我直冒冷汗。真不该吃迷幻蘑菇啊。仅仅因为一次犯错，就被判终身监禁，太蠢了。

幸运的是，我不再吐血了。在洗脸池旁漱漱口，心情也冷静下来了。不知何时起，O前辈也不再发光了。

"我不是说了吗，是山竹。"M还没有恢复。

转念一想，我的确吃了山竹。

在回程中，我们买了水果，不知道究竟是不是山竹，大家都姑且这么叫。它的果肉呈红色，因此我以为是血。我以为在吐血，其实吐的是果肉残渣。原来是我在说胡话。

蘑菇的作用时间大约两小时。这是一种奇妙的体验，难以分辨是有趣还是难受。导游书上说，吃了迷幻蘑菇的人的种种表现往往会体现出他的性格。

也就是说，我是一个夸大其词的笨蛋啰。不，我不想当夸大其词的笨蛋！我不甘心，因此草草结束本章吧。

海拔 5,545 米的真相

（喜马拉雅山）

  大山在呼唤着我。

  白色山脊，碧空如洗。如此美景印在我的脑海里，挥之不去。提起山，首先想到的是世界屋脊——喜马拉雅山。我难以抑制内心的冲动，希望有朝一日能站立在喜马拉雅之巅，无论是哪座山峰。攀登珠穆朗玛峰对我而言是非分之想，但能到达那附近也可以一了心愿。

我查了一下，那附近有一座名叫卡拉帕塔、海拔5,545米的山峰。

导游书上没有照片，所以不清楚具体的山形，据说从山顶可以近距离眺望珠穆朗玛峰，而且不需要高难度的攀登技巧，因此我决定去看看。但从海拔来看，登顶并非易事。富士山也只有3,774米。

我打算在山顶挥动旗帜，拍摄录像留念："呃，现在两点十二分……宫田和加藤（假设）两位队员……成功登顶了！"回日本以后大肆炫耀一番。这是货真价实的男人之旅。

从加德满都出发的皇家尼泊尔航空公司的小型螺旋桨飞机，向着卢卡拉机场开始下降。

卢卡拉是一个小镇，是珠穆朗玛道路的入口，换言之，也是登山者们攀登珠穆朗玛峰的起点。机场是开凿山脊而建的，因此无法确保路面平坦，跑道建在斜坡之上。而且，似乎没有铺装沥青路面。如果真是如此，我应该重新考虑一下，不过为时已晚，我已经坐上了螺旋桨飞机。

无可奈何之下，只有充分准备、严阵以待了。但是座椅安全带松松垮垮、不靠谱，貌似德国人的邻座大妈的大屁股自动把我挤向通道一侧，我保持着半个屁股挨在座椅上的可悲姿势。如此情况下，空姐应该迅速赶来，对神秘的德国大妈加以提醒："您好，邻座的乘客只坐了半个屁股。请往里挤一挤。"可是，空姐也只在旅程开始前分发了一粒糖果，从此难觅踪迹，看来我只有保持这个姿势静静地等待飞机降落了。

机长也难辞其咎。在飞行过程中，不担心乘客的安危，却敞开着驾驶舱和乘客舱之间的门，大大咧咧地看着报纸。所有机组人员都漫不经心的样子，我几乎想质问他们："你们想不想安全着陆？"

不管怎样，我的半个屁股终于抵达了卢卡拉机场。安全第一。

卢卡拉海拔为2,834米，此处到卡拉帕塔，海拔落差高达近 3,000 米。

飞机着陆后，我马上请了一个挑夫，他是一个年仅十五岁的夏尔巴族少年。让他背负重达十五公斤的背包，实在令人于心不忍。而且，虽然要去严寒高山，他却仅仅身穿一件衬衫和一件抓绒衣，外加一条薄薄的裤子，脚穿运动鞋，没穿袜子。我问他："没有衣服了吗？"他笑着回答："没问题。"想买也没钱买吧。我更觉心痛，心中暗暗发誓：回日本以后一定要牢记他们的艰辛生活，反省自身以往的奢侈铺张，怀着谦逊谨慎之心看电视、吃牛肉火锅、看成人录像。

痛心嗟叹一番后，我们上路了。

离开卢卡拉，沿着山谷行进。融化的冰水汇成乳白色的浊流，冲刷着翠绿山谷。途中，在帕克丁住宿一晚，次日，大大提升高度，到达这一带最大的村落——南池市场，海拔高度为 3,440 米。粗粗的山脊呈 U 字形凹陷的斜坡上，山中小屋和民居依山而建。这里是拥有邮局和银行的海拔最高的村落。继续往前，就只有一些小村落了。为了适应高度，我们在此住宿两晚。

之后继续前行，高度终于超过了富士山。

到达海拔 3,860 米的天波切高地草原时，四周环绕着六七千米的群山高峰，如同天上人间。清晨时分，我看到降雪后的群峰气势磅礴地矗立在面前，远近的距离感也消失了，心中渐渐充满疑问，自己到底身在何处？自己究竟是谁？莫非自己就是基努·里维斯[①]？

可以远远看到珠穆朗玛峰。由于距离遥远，位于前方的阿马达布拉姆等山峰似乎更高，只要绕过阿马达布拉姆峰，雄伟险峻的男人之山——卡拉帕塔山一定在庄严肃穆地静静等待我的到来。

---

① 基努·里维斯（1964— ），加拿大演员，主演过《黑客帝国》系列电影。

到达海拔约4,300米的丁普治村后，再次连住两晚。海拔超过4,000米后，四周景色渐渐荒凉起来，不见树木，只见低矮的灌木、杂草或苔藓等地衣类植被。

在这样恶劣的环境下，竟然也有居民。他们将小小的田地用石墙围起，建屋居住。村里也有几个山中小屋。进去一看，一个约莫二十个中年白人的团队几乎占领了整个宿舍。

十月是珠穆朗玛道路一年之中游客最多的时节。入冬前的气象条件最为稳定，因此白人游客大量拥入。其中也有以珠穆朗玛峰登顶为目标的正统派登山者，但实际上为数不多。多数为来自美国和欧洲的徒步旅行者，来感受喜马拉雅山的气氛。

白人真是无处不在。对于日本人来说是难以抵达的偏僻边境般的地方，白人也能轻而易举地到达。而且，令人惊讶的是，无论在何处，所见白人都是一样的相貌。我估计世上的白人其实只有不到一百人，同样的人被用在处处不同的地方。

在4,520米的杜库拉，我遭遇了降雪。

在这样天气恶劣的夜晚，想拉屎是人之常情啊。山中小屋的厕所一般建在主屋旁边，在杜库拉也是如此。要去厕所，必须走出小屋的院子，在山崖上走几米。由于降雪，这条小路湿滑无比。

白天可以看清四周倒也罢了，夜间依靠头灯的亮光去厕所实在有些危险。但是，我还是想拉屎。不，是一定要！最终，不知是谁（其实只有我自己）提出了一个建设性的建议：周围没人，就地解决一下！获得全场一致同意。于是，我在石墙背面选取了本人专用的厕所，高效快速地、一边走一边脱裤子露出臀部。

刹那间，背上不寒而栗。

我的头灯所照之处，浮现出一片红眼的海洋。

我倒吸一口气，呆立原地，无法动弹。这……这是什么？

再仔细一看,原来是挑夫们的牦牛(高地上的长毛动物)被拴着,在头灯的照耀下,所有牦牛的眼睛发出红光。别吓唬我,拉屎鬼!不,这说的是我吧。别吓唬我,大便虫!啊,这说的也是我。

晚上的动物似乎会说话,令人讨厌。尤其是牦牛、牛等动物,大大的黑眼睛滴溜溜地转动,一定是在偷偷考虑着什么。在我专注办事的时候,它们冷不丁地搭话说"外面很冷啊",或者静静地唱起《我的上帝》①,肯定肚子会停止运作,所以还是决定去厕所。而且背对它们的话,似乎会一路跟随过来,于是我目不转睛地一步步后退着离开了。

离开卢卡拉后的第九天,终于到达了罗波切(海拔4930米)。为了预防高原反应,一天只能攀登三百米,而且有时受降雪影响,停步不前。因此,

---

① 1938年犹太籍美国人所作的意第绪语歌曲,描述了小牛从牧场被带到市场卖出的情形。

前进速度很迟缓。但是，到了这里，卡拉帕塔已经近在咫尺了。

我感觉头疼欲裂，已经开始出现严重的高原反应了。如果静静地待着，并不在意，但只要摇摇头，就感觉无比疼痛。所幸由于缓缓攀登到此，并没有出现流鼻血或手脚颤抖等更严重的症状。

次晨，我看到了一幅不可思议的景象。

在山中小屋前面的广场上，一个白人钻进一个橡皮袋般的物体里。橡皮袋膨胀起来，形状如同圆形棺材，正好可以容纳一个人横卧在里面。称之为图坦卡蒙的金棺具，十分形象吧。

但是，为什么那个白人化身为图坦卡蒙了呢？

这是他的爱好吧？听说白人注重个性化。

周围聚集着其他白人和夏尔巴人，他们注视着内部。在橡皮袋上脸部的位置，有个小窗口，可以看到里面的情形。其他白人的表情紧张。

看了一会儿，我的挑夫走过来，指着橡皮袋告诉我:"那个白人得了高原反应。"

图坦卡蒙的金棺具原来是一个向内部注入氧气进行加压,达到与山下同样气压的容器。原来如此,是在治疗高原反应啊。真是令人发笑的情形啊。

七点,我们向着卡拉帕塔进发。终于等到了这一刻。终于,我可以攀登上喜马拉雅5,545米的高峰了。那一定是高耸入云、雄伟壮丽的男人之山吧。

我身穿酷美丝面料的内衣,外加羊毛衬衫、毛衣、戈尔特斯冲锋衣,戴着手套,用滑雪杖代替登山杖。另外,戴着毛线帽,开始攀登。我听说完全不需要登山绳和防滑铁钉等装备,但需要准备相应的服装和良好的心态。

有的白人边走边服用高原反应的药,毕竟高度接近5,000米了。正这么想着,转眼看到另一个白人穿着短裤、笑呵呵地走着。真是个厉害的家伙!看似白人,也许是神秘的笑呵呵仙人吧。

上坡的每一步都甚是艰辛。体力问题是次要的，主要是呼吸困难。手脚都状态良好，完全可以继续爬行，但是无法呼吸。走三步，深吸一口气。在吐气时，氧气马上用尽，有时即便急促地呼吸，也无法足够地供氧，让我陷入恐慌。我真羡慕走在前头的人。

严重高原反应的症状因人而异。有人若无其事地一直前进，也有人不断停下、寸步难行。我应该算是后者。

滑雪杖十分方便、有用。呼吸困难时，就把额头搁在滑雪杖上稍事休息。一旦坐下，站立起来时会很麻烦。

这时，周围已经寸草不生，只见一片岩石的世界。抬头仰望，只见蓝天深邃黑暗。能一眼望到宇宙吧。这么想着，觉得有些害怕，但不管如何，可以一眼望穿总是好事。群山环绕，普莫里峰、努子峰等7,000米级别的高峰如同利剑般刺向深邃的长空，还有其他许多山峰，我已经无法辨认出都是些什么山了。对于登山爱好者来说，那真是一幅激动人心的壮丽美景。

但是，为什么不见卡拉帕塔峰？按照地图，应该可以看到了。奇怪！从罗波切到这里只有一条通道，不可能走错路的。

眼前的光景大致是学校泳池大小的泥水坑、煤矸石堆般的褐色小丘、采石场似的岩石累累的冰河。冰雪隐藏在了岩石下面，因此冰河也毫无壮美可言。与仰头所见的雄壮景观相比，周围景色显得寒碜。男人之山到底在哪儿？我可不是要来这样的地方啊。

不久，隐藏在努子峰背面的珠穆朗玛峰也渐渐显露出了高大黝黑的身姿。如同金字塔一般的三角形，由于坡度太大或是风力太强，山上没有积雪，露出黑黑的山岩。隆起的山坡有个三角形，只有那一块是黑色的。这景象儿童不宜。

白人们向着褐色煤矸石堆似的小丘走去，难道煤矸石堆后面是卡拉帕塔峰？

我上气不接下气地登上煤矸石堆顶。如同站立在一片瓦砾之上，毫无美感可言，但这里恰巧如同盆地的底部一般，可以三百六十度环顾喜马拉雅山，作为观景台倒是绝佳的位置。

除了珠穆朗玛峰，位于前面的努子峰和北面的普莫里峰令人叹为观止。在珠穆朗玛峰的正下方，是蓝色透明的锯齿状冰河，跟我一路走来的采石场般的岩石冰河截然不同。偶尔从远处传来隆隆的雪崩声。但是，找不到卡拉帕塔峰。

不经意间，我环顾四周，白人们面带满足的神情拍着照片。

我忽然有一种不祥的预感。

莫非这褐色的煤矸石堆就是卡拉帕塔峰？

不，男人之山卡拉帕塔怎么会如此不堪？不仅不堪，而且连山峰都称不上。对了对了，这根本不是山峰。我内心连连点头，却发现了一个重大的问题。

在喜马拉雅山，5,545米的山峰其实是盆地的底部。

神秘的女一号和女二号

(泰国)

说到曼谷,不能不提帕蓬大街。光看名字也感觉不三不四。

"帕"也就罢了,"蓬"实在是可疑。

实际上,行走在帕蓬大街上,妖异的霓虹灯照亮了夜空,喧嚣的音乐震天响。沿街密密麻麻地排列着酒吧和按摩店,令人目不暇接,无从挑选。

每个店都企图引诱纯洁的游客们,从半开半掩的店门，隐约可见店内的情形。一般都是半裸的美女们在舞台上随着音乐扭动身躯。看到这样的香艳舞蹈，即便是像我一样彬彬有礼而又纯洁高尚的好青年也有点把持不住了。在那怦然心动的一瞬间，拉客的魔爪已经伸向了你。

"黑白表演，淋浴表演，便宜啦！"他们说着蹩脚的日语，向我推销。手里拿着的纸片上用日语书写着各种表演的名称，比如切香蕉表演、爆气球表演、开瓶表演，等等。店内好像马戏团一样。

当然，我与这样低俗的世界毫无瓜葛，色即是空。但是四年级三班的春名老师也说："不应该太挑剔。"因此我打算稍稍看一下店内。读者们当然心里明白，我只不过是为了了解泰国的真实面貌，完全没有心怀不轨或者一时冲动。

我去的那家店虽然猥亵可疑，却是明码标价。啤酒与果汁是定价的两倍，可以一边喝饮料，一边细细看表演。刚才我说的半裸女人，其实夜深后，她们会脱光变成全裸。每个人都身材火爆,十分性感。当然我是为了深入考察泰国的社会问题,身材好不好无关紧要,必须考虑到这些女性都是正当妙龄这个事实。

有的女孩估计只有十五岁左右。我常常听说她们来自农村的穷困家庭,为了照顾家人的生计,出来做工。我们不能忽视这样的事实。泰国的真相就在于此。我们必须睁大眼睛好好看看。

然后面对这样的现实,睁大眼睛呆呆地观看,我不知不觉之间流露出一副白痴面孔了。忽然我清醒过来,带着严肃的表情,站起身来。

不可以这样!我不可以混同于鄙俗下流的嫖客。虽然那样很可悲,但顺便也去看了一下按摩店。按摩其实就是嫖娼。

在昏暗的店内有一个角落用玻璃隔开,里面像女儿节的装饰台一般,高高低低地坐着近百位女性。玻璃里面被照得明晃晃的,可以隔着玻璃挑选女人。

既有年轻少女，也有令人望而却步的大妈。

所有女人的胸前都有一个号码牌，把看上的女人的号码告诉店员，她就从玻璃房里出来卖淫。这个玻璃房其实就是商品的陈列柜，日本游客都称之为金鱼缸。我仿佛窥视到了泰国残酷的现实。玻璃房里的照明很刺眼，以至于所有女人看上去都白白胖胖的，但实际上等人出来后一看，往往很纤瘦。如果挑选了苗条的女人，可能就是个皮包骨头，因此需要注意一下。

啊呀，不知不觉之间，我像个嫖客一样在评头论足了。不行不行。虽然不行，但直接跟她们说说话，不也是揭开真相的重要一步吗？我的行为看似出于色欲，但其实正在一步步地逼近泰国的真实面貌。不是吗？

关于之后我干了什么，那真是疑团重重了，不过我要仓促地把话题转移到大街上了。哦！也太仓促了吧！是不是故意在隐瞒什么？是不是做了什么见不得人的勾当？关于大家的这些疑问，我听秘书汇报说什么都没有发生。

"你住的酒店便宜吗？"一个女人向我问话。是一个陌生的女人。

那时是早上，我正要从唐人街的酒店出发去换钱。刚走了大约一百米，她忽然向我搭话了。

这个女人身穿绿色连衣裙，虽然化着浓妆，却是个美女。

"一晚八十泰铢吧。"我当时住宿的是一家便宜旅馆，没有空调，天花板上有电风扇。"这么便宜！"女人似乎吃了一惊。

"我想搬到那里去。现在的酒店太贵了，吃不消啊。能告诉我地址吗？"她好像在寻找便宜的酒店。

"是那里。你看得见吧。"我回头指着自己的酒店。那是一幢五层的破旧建筑，看上去像在拆除中。我出于好心指给她看，希望哪怕仅仅是外观，她能好好看一下再作决定。她却并不惊讶。也许对于当地人来说，那样的建筑并不值得大惊小怪。

"明白了，谢谢！你可以帮我搬一下行李吗？"她这么说着，耸了耸肩，看上去很着急。我想只是搬行李的话，可以帮忙。反正我有的是时间，刚刚甚至还在犹豫今天要做什么。

"可以帮我吗？"

"好的。"

我环顾四周，想看看女人说贵得离谱的酒店在哪里，但她却伸手叫停了出租车。好像不在这附近。的确，这附近都是便宜旅馆，没有贵得离谱的酒店。所以她才特意到这里来寻找酒店的。

出租车驶过了湄南河，继续向西行进。这边也有酒店啊？我对曼谷的地理还不熟悉。可是，出租车却丝毫没有停下的意思。这是要去哪里？有点远吧？

在我开始感到不安之时，出租车终于停在了一个小巷后的地方。

这里的确有一家酒店,但称不上高级酒店,只是一家远离市中心的没有格调的商务酒店。从停车场走进酒店,眼前马上出现了一排房门,这里就是房间了。这个酒店真奇怪啊?我心中疑惑,一进屋,谜团马上解开了。

室内是粉红色的,大大的双人床,不必要的巨大镜子,这里的氛围似曾相识啊。对了,这里是情侣酒店,和日本的差不多。

也许是为了解开我的疑惑,她说:"因为找不到好的酒店,我和我的朋友一起住在这里。"然后,她的朋友马上出现了。是一个稍胖的女人,称不上是美女,却很热情,和有些冷淡的化妆女截然不同。她似乎说:"啊呀,好可爱的男孩子啊。"边说边目不转睛地盯着我看。

我询问行李在哪里,胖女人在床上坐下,拍拍自己的旁边说:"来,坐吧。"

我一坐下,她有些不自然地凑近过来。

"你真可爱啊。"一边说着,右手一边缓缓游走在我的裤子上。

等等!等一下!你到底在干什么?我不是来干这个的。你们让我来帮忙搬行李,所以我来了。我想继续说下去,胖女人却抛着媚眼说:"Enjoy(享乐)!"

这……这是怎么回事?这个女人,是不是脑子有问题。我抗拒地推开女人的手,用眼神求助化妆女:快想想办法。你应该对你的朋友好好说明一下我来这儿的目的。于是,化妆女强忍住笑,也说:"Enjoy!"

你……你在说什么?怎么连你也……我目瞪口呆。享受什么啊?而且,不应该拉长 Enjoy 的词尾。更过分的是,这时,那个胖女人竟然企图拉开我的裤子拉链。

这,这,我张口结舌,说不出话来。

"哦哦,big(很大)。"

你是在说反话吧。

我发誓当时我完全没有邪念。这样的情况下，面对这样的女人，我没有丝毫的欲望。但是，她不依不饶。她解下我的腰包，对我的上半身全无兴趣，兴致勃勃地一味对我的下半身进行攻击。我只要用力推开她，大叫一声"住手！"就行了，但是对方再怎么不讲道理，我还是在犹豫不能对女性动粗。

到底是怎么回事？行李怎么办呢？目前的情况是在按部就班地推进着吗？不，无论怎么考虑，这都不是正常的搬运行李的样子。我的下半身也没有那么大的魅力，让素昧平生的女性为之疯狂。出了什么问题？

作为文质彬彬的好青年，在此我应该义正词严地断然拒绝，但是连始作俑者——请求我搬运行李的化妆女也变身为"enjoy 二号"，有时甚至协助胖女人来压住我的手，我实在无能为力。

当时，我的下体几乎一丝不挂了，我奋力挣脱开，站起身来。

女人们没有继续纠缠追赶或者伸手拉我，但我提起裤子、整理衣装时，她们还喋喋不休地说："enjoy，big。"

我离开酒店，打算回去，女人们笑嘻嘻地跟着我出来了。

搬行李原来是谎言，是为了戏弄我。她们叫了出租车，让我坐上，随后也上了车。她们是想送我回唐人街吧。

究竟是怎么回事？

出租车向着市中心行驶着。忽然，我有一种不祥的预感，马上打开腰包，试图检查。

这时，出租车忽然停下了，女人们说："下车。"到了吗？我下车后，她们却不下来。车门关闭，我的心里咯噔一下，此时出租车已经绝尘而去。

上当了！

原来如此。我马上检查了一下腰包，果不其然，五万日元现金被偷走了。

原来是这样的圈套啊。Enjoy一号解下腰包丢在地上，Enjoy二号站在床旁。因为我能看到她的上半身，因此丝毫没有戒备。估计她用脚打开腰包，用脚趾取出值钱的东西，藏在床底下或其他地方吧。

现在回想起来，实在是理所当然的。哪有这样的闲人专门把男人带到酒店，一上来就说可口可乐广告词一样的"enjoy"，而且，还说出"big"这样显而易见的谎言。

怎么回事？我竟然轻易地中了这样的圈套。而且，我绝对没有心怀不轨，仅仅出于好心，帮助搬运行李，却落得这样的下场。

事到如今，应该立即找到泰国警察，对恶魔enjoy一号和二号罄竹难书的罪行，事无巨细地一一进行控诉……其实我只知道一件事，那就把这一件事毫无保留地揭发出来。

我冲动了片刻，但即便报案，我的钱也难以找回了吧。结果是自己再次蒙羞吧。这么想着,连去警局的想法也让我心情沉重。

而后,再细细考虑一下,与之相比,目前最迫切需要解决的问题是:我现在身在何处?这是什么路?能不能靠口袋里的零钱回唐人街?今后在泰国的生活怎么办?现在怎么支付酒店费用?

死海与肛门之谜

（以色列）

飞往以色列首都特拉维夫的国营以色列航空公司，以登机前严格彻底的检查而闻名。

所有的行李被打开翻查，乘客被要求脱裤检查，对着地面按下照相机快门（确认不是改造的枪）。另外两三个工作人员一同审问此行的目的和日程安排，长达十五分钟之久。尤其对于日本人的审查特别严格。因为日本"赤军"曾在特拉维夫机场疯狂开枪扫射，造成多人死亡。

我希望不会被怀疑，轻吹口哨，瞬间伪装成普通百姓，但是无法掩盖与生俱来的特殊气质。在开始审问前，工作人员告诉我："如果到了起飞时间还没有完成审问，那么飞机将把你留下，请知晓。"

我付了机票钱，当然无法理解，但对方也是气势汹汹，不容我分说。

此外，在进入以色列时，必须注意的是，如果在护照上盖上了入境章，以后无法进入阿拉伯各国。因此在入境处，请工作人员盖在其他纸上。听说有日本人试图进入叙利亚，结果锒铛入狱。

中东地区是世界上屈指可数的危险地带。

我登上舷梯，表情渐渐阴险起来。自此以后，企图靠近我背后者，哪怕是不小心靠近，也无法活命。

耶路撒冷的老城如同岩石迷宫一般，在仅仅一平方公里的土地上，集中着耶稣被钉在十字架的各各他山，以及建于山上的基督教圣地——圣墓教堂；矗立在穆罕默德升天的岩石上的伊斯兰教圣地——圆顶清真寺；被穆斯林摧毁的犹太教圣殿唯一保存下的石壁遗址——哭墙（犹太教圣地）。理所当然，在这里宗教对立是无法避免的。

各各他山的名字带有一种紧张感，因此我决定去那里看看。到了以后才发现，那里竟然没有山丘，仅仅是平地。我听说圣墓教堂是建在山丘上的，但其实和周围建筑高度一样。算了，一个山丘消失的事也常常发生。

哭墙后面是圆顶清真寺，这里可以说是耶路撒冷气氛最紧张的地点。犹太教徒常常面壁低声祷告，估计他们在叹息："我们教会该怎么办呢？真是的！很为难啊！"

我也想混迹其中，对着墙壁喃喃自语一番，但目前没有可以值得叹息的事，于是唱起歌来。我感觉朝着墙壁一味叹气，心情也不会开朗。

在大街上，有时会有人对着巡逻的犹太士兵丢石头。从学校到公交车，所有公共设施也严格按照犹太人和阿拉伯人分开，阿拉伯人的商店因为intifada（阿拉伯语，意为"抵抗"或"起义"）全部关门了。这样会无法维持生计吧，可是听说如果开门，马上会遭到同胞的报复。

犹太人地区和阿拉伯人地区的贫富分化十分严重，如同日本代官山一般的犹太人高级公寓区和印度贫民窟一般的阿拉伯人贫民居住区，仅仅相隔大约二百米的距离。游客会感觉到无比神奇的魅力，但阿拉伯居民们一定会感觉心里不平衡吧。

到处可以看到写着"行李随身带，不要离身"的告示牌，是因为警惕恐怖袭击吧。据说游客一旦离开了自己的行李，行李会被当做可疑的危险品，不可靠近半径五十米以内，从远处遭到枪击打成马蜂窝，或者被爆破。

因此，独自旅行的我迫于无奈，只好在公共厕所背着背包小便。完事以后，稍稍摇晃时，往往由于背包的重压，裸露着关键部位，在厕所内摇摇晃晃地走几步。被当作变态，我也无话可说了。

我在阿拉伯人地区一家青年旅社办理了入住手续。房间是宿舍房，同屋有几个穷游的日本人。其中有一个年轻人从约旦一路搭车而来，他说："很多阿拉伯人是同性恋者。"虽然跟本文毫无关系，但我想在此引用一下他的话。

在约旦拦车旅行的时候，他搭乘了一个上了岁数的大叔驾驶的卡车。过了一会儿，大叔忽然从裤裆掏出了自己的那个东西。他很惊讶，故意假装没看见，眺望窗外。大叔说："你小子，看看这个。"他继续无视着，大叔开始说："把你的给我看看。"他感到很烦人，继续不接话。最后，大叔纠缠上来："你小子是日本人，一定很小吧。我听说日本人的很小，所以你不敢给我看吧。"

他对自己的那个很有自信，于是耐心叮嘱："既然你这么说。你的手绝对不能离开方向盘哦！怎么样？"随后展示了一下。我暗想：想要看的人有问题，给对方看的人也有问题，半斤八两。最终，在大小上，他的略胜一筹，和平解决了问题。

中东地区真的危机重重。

说归说，我却感觉有些不过瘾。

我的脑海中虽没有想象处于民族激战中的场面，但整个城市显得比想象中的要和平。这样说可能不合适，不过我期待着更危险的东西。

对了，去 west bank 看看吧！

这不是银行，而是以色列与约旦的边境①，是世界少有的纷争之地。那里才是货真价实的战争腹地。

在以色列的地图上，以色列与约旦的边境是以

---

① 英语 bank 既有"银行"的意思，也有"河岸"的意思。此处的 west bank 指约旦河西岸地区。

死海与肛门之谜（以色列）

约旦河与死海为界的。但是，约旦河西岸（耶路撒冷一侧）上，巴勒斯坦人居住的、落差达 1,200 米的广阔斜坡被称为 west bank，阿拉伯人主张："那是阿拉伯的土地。"

爬上这个斜坡，可以抵达耶路撒冷。阿拉伯人的意思是：到达耶路撒冷的这片领土属于阿拉伯人。双方的主张都各有其政治依据，但主流的国际舆论认为："以色列占领着这片土地。"

我即将独自一人勇闯虎穴。

危险！太危险了。

西岸最大的观光景点是死海。那实际上是以色列与约旦的边境。这个湖由于含盐度高，所有生物都无法存活。

巴士迟到了一小时，我坐上巴士，开始驶下荒凉的斜坡。离开酒店时，我把不需要的暖宝宝送给了酒店服务员。他问："这是什么？"我想告诉他用法，打开一个暖宝宝，轻轻摇晃。他完全误解了，回答道:"是红茶啊,谢谢!"哎,发明那样奇怪东西的恐怕只有日本人了吧。

耶路撒冷海拔为八百米,而死海海拔低于海平面四百米。

广阔的斜坡上几乎寸草不生,只有道路延伸开去,既没有人行横道,也没有信号灯。偶尔,路边出现一个个沙漠游牧民贝都因人的黑色帐篷,那是从古至今不曾改变的生活方式,令人感到不可思议。他们过着没有水和电的生活,忽然有一天眼前建造了公路,巴士和小汽车川流不息地通过,贝都因人也一定摸不着头脑了吧。

巴士继续行驶着,忽然有人在大叫:"关窗!快关窗!"我急忙关上了防弹玻璃窗,终于遭遇到了以色列军和阿拉伯人的交锋啊!可是,环顾四周,一切正常。怎么回事?发生了什么?

原来这仅仅是是一个玩笑:过了海平面后继续下坡,海水会漫进来。好像这是在这辆巴士上常常上演的一幕。游客们匆忙地四处关窗后，被大肆嘲笑了一番。甚至有人弯身蜷缩在座椅中，包括我。开什么玩笑！我虽然轻易上钩了，但这也是为了迷惑敌人。我怎么会看不破这样的伎俩呢？

终于，死海渐渐地展现在了眼前。它比真正的大海更为碧蓝。对岸就是约旦。

以色列军的喷气式战斗机伴随着隆隆轰鸣飞驰而去。

我到了！终于到了！世界上最危险的地方。

巴士停在了死海边好像汽车餐厅一般的混凝土建筑前。我缓缓走下车。这里可是气氛紧张的西岸啊。我细细地打量周围，高度警惕着敌人的突袭，向着建筑移动。一旦露出破绽，会毁了一世英名的。

在汽车餐厅的入口处，有一个神秘的冰激凌店和一个可疑的小卖部般的礼品店，令我愈发紧张起来。店员随意的表情也值得怀疑。我迅速闪入，躲在储物柜的背面，装备上为了以防万一、事先准备的高性能游泳裤。

穿过建筑，来到死海一侧，F-4战斗机的声音震耳欲聋。我不觉缩了缩脖子，一口气跑到了水边。沙滩好长啊。

不，细细一看，并不是沙滩，而是盐滩。盐的晶粒形成了白色的滩涂。我低头凝视死海的水面，虽然含盐度高，但水质清澈。湖底是硬硬的盐巴，一片白色。

我下定决心，以临战状态的迅猛速度，飞跃入水中，奋力漂浮在水面。

环顾四周，到处漂浮着如同尸体一般的白人老外。

这就是死海。在死海谁都想试试漂浮在水面读书的姿势，果然在这儿很流行。可是，要稳稳地浮起来却并非易事。大家各自使用着腹肌或背肌的力量。乍一看，我也是混同于一般游客，毫无防备地漂浮着，但脑子里却在盘算别的事……

肛门剧痛!

入水才两三分钟,盐分却已经在侵蚀我的肛门。在此必须澄清一下,我没有痔疮。因为旁边的游客们也都手捂肛门,下水两三分钟就上岸了。不可能大家都有痔疮。盐分刺激黏膜等敏感部位,感觉刺痛。还有最好不要把伤口浸入水里。

这里到底是边境地带,不会轻而易举地就放你回去。

我回到汽车餐厅。在湖边有一处排列着沙滩太阳伞,白人老外们横躺在凉椅上。汽车餐厅里的圆形泳池里,虚胖的白人老外们懒洋洋地泡着。这里似乎成了温泉。沙滩太阳伞加上水疗,简直像是旅游景点。我想旅行的,可不是这样的地方!

我草草结束了这里的观光,乘上巴士,向下一个目的地马萨达出发。

马萨达是矗立在死海边的岩石堡垒。犹太人曾经占领此地,坚守不出,最终无一幸存,如今留下了古城遗址。虽然叫遗址,但其实是个堡垒。

而且此地与犹太人颇有渊源,如果隐藏着以色列军的秘密基地也不足为怪。我必须谨慎行事。

到达山脚下,只见索道一直通往山顶。大胆无忌的黄色索道箱体从山上滑行下来,跟危险地带的气氛格格不入,但是绝对不能掉以轻心。一同乘坐的乘客们令人生疑。

这是一群身穿鲜艳T恤、头戴棒球帽的小鬼。他们一定是摩萨德(以色列的间谍机构)的特殊部队。连学生也被动员参加了。我忽然使用了这些过时的词语,原因就在于此。

"China,China[①]。"小鬼们误认为我是中国人。

"Japanese[②]!"我回答。

"哦哦!李小龙!"他们答道。

---

① 英语,意为"中国"。
② 英语,意为"日本人"。

一群笨小孩。

我试图从山上拍死海的照片,每次都被跑过照相机前的小鬼们的波状攻击妨碍了。嗯,真可怕。也许,在景色中的某处深藏着以色列不为人知的设施,不,说得更明白点,是秘密基地。这样下去的话,我也自身难保了。

不久,戴棒球帽的小鬼们各自拿出了盒子一样的东西。哦哦!终于拿出了恐怖的终极武器!我再一看,盒子里面装着三明治。是便当啊!

原来,孩子们只是来远足的。来远足,尽情玩乐,再吃便当,仅此而已。

每个地方都是旅游景点啊。

我怀着沮丧和宽慰的复杂心情,回到了耶路撒冷。

怎么回事?圣墓教堂和哭墙都挤满了白人游客。这里不是世界上最危险的地方吗?中东问题到底怎么样了?

我离开耶路撒冷，出发去特拉维夫。那里的局势应该更紧张吧。耶路撒冷是圣地，也许是人们的心理在起作用：在神灵面前应该避开无谓的争端。对了，特拉维夫。敌人一定在特拉维夫。

巴士这次沿着耶路撒冷所在的丘陵地带下坡，向西驶去。一个小时就到了首都特拉维夫。

不久，远远地看到摩天大楼，眼前出现了一个与耶路撒冷全然不同的大城市。我在长途汽车站换乘了市内公交车，在靠近海边的本耶胡达大街下了车。

我在所经过的第一家青年旅社办理了入住，存放了行李，向着海边走去。我面带紧张的神情，身体微倾，以便能够快速反应，应对突发情况，一边谨慎地留意着周围，一边前进。

很快到了海边。

我一下子感到一阵窒息。

展现在眼前的是，无忧无虑的碧绿宝石般的地中海和一望无际的广阔沙滩。盛夏时分，这里将是性感火辣的裸体沙滩。

出差之旅的大海

（帕劳）

我独自一人飞往帕劳。

这次是因为工作。对，不是旅游。人们称之为"光荣的海外出差"。

至今为止，我写的都是无聊的废话，而这次是调查报告，因此必须写出难度高、实用性强的文章。不够聪明的读者请自觉跳过本章。尤其是对于不会英语的读者来说，本章的内容十分难以理解，需要时时刻刻抓着词典不放。

为什么这个出差任务会落在我的头上，想来只有一个原因：因为我的英语出类拔萃。这里不少情况需要使用difficult（困难）的英语。毋庸置疑，绝对不是因为：这家伙平时老是抱怨，不如给他点好处，让他闭嘴；或者，万一发生意外，也毫不可惜。

当时我从事的是房地产行业的工作。出差的目的是，事先调查度假村的候选地。作为工作装备，我准备了一台摄像机和一台单反相机。但考虑到自己的性格，我担心很可能会把工作抛到脑后，在海边玩起来，因此为了以防万一，也带上了泳裤。

飞机降落在了科罗岛。我住宿的酒店在这里。

这次的目的地位于科罗岛旁边、帕劳群岛最大的岛上。除了一小部分地区以外，岛上完全没有陆地交通，也几乎没有居民居住的地方。而我必须去大岛背面的某地拍照。

我右肩挂着摄像机，左肩挂着单反相机，一副日本游客的打扮，走向渔港。因为只是事先对房地产进行调查，没有决定是否购买，如果不小心流露出敏锐的眼神、暴露了身份的话，那么至今为止的努力（其实也没有努力）都将前功尽弃。如果身份被识破而要在这里建造度假村，会造成不少麻烦。

我想告诉皮肤黝黑、身材结实的出租车司机："能给我介绍一条渔船吗？我想租。越快的船越好。"转念一想，估计他听不懂。于是用简单的英语，先打出一个刺拳："I，want to，go，north part，of，Babeldaob（我想去大岛北边）。"其实我想坐快艇，但这样的岛上不可能有那么时髦的东西。

"Babeldaob，no way（大岛？去不了）。"

"I know，所以，go by ship（我知道，所以坐船去）。"

我尽量回答得简短易懂，但不知怎么竟然夹杂了一句日语，好像青春偶像唱的流行歌曲一样了。照这样下去，估计租到的船也是不靠谱的。我用眼神和紧闭的嘴角，漫不经心地渲染紧张感。懂的人会懂的。果不其然，司机似乎有些动摇了。然后他说："○×※▲△，OK？"

大概的意思是这样："老板，有一条好船。不过稍稍有点贵，可以吧？"我缓缓地点点头。

到达港口后，司机让我稍等片刻，他去让朋友准备船。好吧。

可是，等待之后，出现了一条小船，这可远远不及渔船啊。怎么回事？不对吧。不，但是看上去也可能是改装船。我不动声色，假装懂行地问："这要多少时间？"

"单程一个小时。"小船的大叔回答。

太慢了吧。

怎么要花那么多时间？最多三十分钟的距离。坐这样的小船，往返两个小时，令人不敢放心。

但是无计可施，我只有谈妥价格，往返一百美元成交。跟当初约定的不一样，但细想一下开始也没有好好商谈。出租车司机和小船的大叔喜笑颜开，忽然消失了。一会儿抱着大量罐装啤酒回来了。我觉得付得太多了，正想说："你们当然明白，费用里包含了封口费吧。"但又一想，估计对方不懂英语，因此只说："Let's go（走吧）。"以示威吓。

小船穿越科罗岛和大岛之间的海峡，顺利地飞驶着。

天气晴好。透明蔚蓝的大海一望无际。岛上覆盖着茂密的红树林，细碎的叶片反射着太阳光，闪闪发亮，令人炫目。太平洋上的清风轻拂发丝，旁边的两个爽朗的帕劳男人一罐接一罐地喝完冰啤酒，高声大笑着。

我望向水面，船底下一个个白影掠过，大约是珊瑚吧。透明的大海望不到尽头。天空浩瀚广大，清风阵阵。啊啊……耀眼的水平线令我睁不开眼，深深呼吸，吸入大海的芳香。忽然想到一个问题。

"我要吐了。"

虽然行驶在珊瑚礁中,但海浪依旧汹涌。对了,我本来就很容易晕船的。

一个小时过去了,眼前的景色毫无变化,我浑身乏力。这时,小船减速了,船夫说:"啊呀。"到了!

我说:"我要上岸。"

大叔说:"不行,珊瑚礁挡住了去路,上不了。"

"已经到这里了,想想办法吧。"

"不行,太浅了。"

距离岸边仅仅五十米,却可望不可即,无法执行任务。我忍受着晕船的痛苦,好不容易来到这里,这个结果让我无法接受。我远远地用摄像机拍摄,用单反相机拍摄全景照片。也考虑到了从珊瑚礁上走上岸的方法,但毫无疑问会摔倒,一旦摔倒,珍贵的照片也前功尽弃了。

"没办法,撤退!"我表情严肃,下达指示。

"OK（好）！"大叔回答，在啤酒的作用下，满脸通红。

太遗憾了。

归途，风势更强劲了，小船剧烈地上下摇晃。但两人还是兴致不减，继续喝酒取乐。我呢，倚靠在小船的船舷上，头晕眼花，胃里翻江倒海。过了不久，不知为什么，脑海中浮现出一首广告曲："二十四小时，可以拼搏吗，商务人士，商务人士……"[1] 我努力想起别的歌曲来冲淡那首歌，但它萦绕脑中，挥之不去。结果归途一小时一直在耳边单曲循环播放："……日本，商务人士……"不过，多亏这首歌，让我想到这次是出公差应该要发票。

如此我完成了任务，若无其事、不被觉察地走上了归途。（回来后，观看我拍摄的录像，虽然可以

---

[1] 日本饮料广告曲《勇气的印记》中的歌词。

清清楚楚地看到在丛林笼罩下的未调查的小岛，但其实在帕劳到处都是相同的景观，不特意进行实地考察也知道。）

从科罗岛坐船再向南行驶一个小时的地方，有一个日本男人亲手打造的度假村，我决定去看看。

岛并不大，度假村也很迷你，排列着跟栈桥相连的旅社客房、几幢小木屋、工作人员的宿舍。旅社客房类似森林木屋，一看就是手工制作的，而小木屋好像质朴的木箱一般。虽然设施远远不及大规模的度假村，但是温馨舒适。

艳阳高照的老天爷忽然变脸，噼里啪啦地下起了骤雨。如果住宿在大规模的度假村，最多感叹一句"真不巧，天气不好"便罢了。但在这儿，巨大树叶的南洋植物和椰子树在灰暗的天空中扭动着，如同宫崎县沿海般的妖娆诡异的景象，令人不由沉浸在演歌《海角之旅》的气氛中。这种时候，不躲在房间里，而像演歌演绎的一样漫步雨中也别有乐趣，我决定散步去旅社客房。反正马上就会放晴，淋湿的T恤也很快就会干的。

当我的头发湿答答地贴在额头上，我的白色T恤隐约透出我的胸脯时，我意识到，这不像演歌，倒像片冈义男①，也许现在的我看似一个狂野不羁的帅哥。我想象自己忽然偶遇一个美女的情景，不由自言自语："由于工作来这样的地方，呵呵，其中别有原因。"我登上旅社客房的露台，不知为什么那儿饲养着猴子，猴子在专心致志地自×。

次日，为了作为将来的参考，我坐上了去潜水的小船。很可惜我有工作在身，不能享受潜水。我感到遗憾无比，来到了潜水胜地帕劳，竟然不能玩一次自由潜水。对了，忽然想起来我没有潜水证，

---

① 片冈义男（1939— ），日本小说家、编剧，主要作品有《他的摩托，她的岛》《我的夏日旅行》。

所以结果还是一样。

栈桥前方的大海里有一个大约两米的巨大砗磲贝。听说被砗磲贝夹住后，绝对拔不出来。我有一种冲动，想用椰子树叶戳戳、逗逗它。但是，小船上还有四个日本女大学生在大呼小叫："哇！好大的砗磲贝啊！"用树叶戳砗磲贝的行为显得不稳重，而且我也不愿意被误解为在故意搭讪，因此决定镇定地望着远方的水平线。今天就先放你一马，砗磲贝！

我们的船穿越蝠鲼栖息的德国水道海域，在珊瑚礁内侧沉下铁锚。女大学生等六个乘客都跟随船员消失在了水中。留在船上的只有掌舵的当地大叔、日本新婚夫妻中不会潜水的妻子，还有我。

我确认所有人都消失在大海深处以后，缓缓地取出了浮潜装备。

我不会水肺潜水，但实不相瞒，我从小就被称为"浮潜世界的王子"，现在是太平洋上四海为家的令人敬畏的浮潜家。

我已经攻下了太平洋上的诸多小岛，如塞班的军舰岛、普吉的珊瑚岛、波纳佩岛、婆罗洲丹绒亚路的沙比岛和马穆迪岛、新喀利多尼亚的松树岛与阿梅代灯塔岛，还有海马多功能浮台。现在深深反省，与其有这些时间旅游，不如早点考出水肺潜水证。

珊瑚礁内侧的海中，有几米深的断层（drop off）。我戴上潜水眼镜凝神望去，虽然海水清澈，但空无一物的蓝色空间深不见底。在浅滩上游泳与在这里游泳并无不同，但这儿附近也没有小岛，感觉不想游。今天就算打了个平手吧。

不久，天色渐变，珊瑚礁里的小船在外海卷来的波涛下摇晃不已，风势也渐渐加强了。去潜水的人们什么时候回来呢？

太阳躲进云层，大海瞬间变身为日本海。不同的是，刚才是宫崎县沿岸的大海，现在是秋田县沿岸的大海。片冈义男已经难觅踪迹了。为什么从宫崎的日本海北上到了秋田的日本海？我写下这些文字，却难以解释。只觉得在珊瑚礁上击碎的白浪，渐渐地越来越大了。

终于，骤雨倾泻下来了。

我有些担心起来。掌舵的当地大叔应该熟知大海的气象情况，于是我窥视他的脸色。但从他黝黑的脸上，看不出来是否形势紧急。不过气温急剧下降，我和新婚妻子（别人的）都冻得嘴唇发紫了。

珊瑚礁内水深不足一米，周边没有像样的小岛，浮在水平线处的帕劳群岛也消失在了雨中。小船颠簸得愈发厉害了。这样下去，太危险了吧。雨势渐强，雨点打在身上，隐隐生疼。因为没有预料到这样的情形，我没有带外套，裸身卷着一条浴巾，牙齿开始咯咯打颤。好冷！船在不停地颠簸。

当然，我并不是在害怕这点小状况，我想我也可以大声歌唱。但不唱《海角之旅》，而唱TUBE（管子乐队）或者HOUND DOG（猎犬乐队）的歌吧。不过，新婚妻子和掌舵大叔虽然素不相识，我还是不好意思突然唱歌。我想：如果新婚妻子先开始唱，我也可以跟她一起进行男女二重唱。转眼一看她，只见她双目紧闭，牙齿咯咯打颤。

船颠簸得愈发厉害了，一会儿被挟持在波谷中，一会儿又被高高抛起。击碎的波浪灌进船舱内。这简直就如同南极破冰船。在波涛之间，我似乎隐隐看到了企鹅的身姿。

从大叔的表情无法判断，但这几乎是遭遇了真正的海难吧。可以发出求救信号了吧！

一旦小船倾覆，我没有信心可以游到附近的岛上。我想拉出救生衣，先穿上再说，但是大叔不知是没发现，还是正犹豫，或者是因为脸色黝黑，他也不去打开船舱的盖子。大叔，快想想办法吧。

巨大的浪头再次劈头盖脸地冲击上来，我心中遗憾：终于，出差中的日本商务精英牺牲成了可悲的海藻碎片，他生前是工作勤奋的好同志啊。正在这时，忽然雨过天晴，令人宽慰的太阳露出了笑脸。

嗯？

小船仍在摇晃，但天一转晴，就如同云霄飞车一般了。

怎么搞的？一点意思也没有。

五分钟后，女大学生和其他潜水的人都回到了船上。虽然没看到蝠鲼，但看到了鲨鱼，一众激动不已。渐渐地，小船停止了摇晃，暴风雨消失得无踪无影了。新婚妻子的丈夫也上来了。这对夫妻一直是安静温和的，不知道他们进行了怎样的对话，新婚妻子的脸色迅速明朗起来，嘴唇也恢复了血色，两人充满了甜蜜和幸福。

如此一来，热闹的船上估计只有我一个人仍是脸色发紫、可怜巴巴。本来不潜水却坐在船上就够引人注目的了。我有些狼狈不堪，悄悄调整了坐姿，努力避开女大学生们的视线。然后,我静静地想:至少我的背影,不,哪怕背骨的小小凹凸之处,看上去和大海没有违和感就好了。

放你一马,雪山

(日本)

十八万日元。

这是我为了初次去雪山购置装备所花费的金额。

严严实实的寒冬用防寒服、雪山登山靴、冰杖(鹤嘴镐似的东西)、防滑铁钉(安装在靴子上的铁爪)、双层手套、露眼帽(类似银行强盗戴的帽子)、环装套鞋(走雪钢套鞋)、登山雪套、护目镜,等等。经验丰富的同行前辈们虽然使用很好的冰杖和防滑铁钉,但手套很薄;虽然防寒服无懈可击,但背包上破了个洞;虽然登山靴厚实笨重,但脚有异味。他们或多或少有些缺陷。只有我,装备完美无缺,脚也不臭。而且,最重要的是我年轻力壮。我们四人中,其他三人都三十多岁了。

目的地是八岳山,我们选择的是其中难度较高的登山路径——阿弥陀岳山南岭。

"那里入门级新手也可以去吗?"

"嗯,你很年轻,又是男的,没事吧。"听到这样的回答,我也没有深思,购买齐全雪山登山装备,意气风发地加入了队伍。

我向雪山发起挑战。这不叫冒险家,叫什么?

由于是一项前所未有的壮举,虽然跟海外旅行毫无关系,我还是决定在这里记录下我的丰功伟绩。

我们先坐车,开到不能再前进的地方下车。在冬季车辆禁止通行的道路上步行两小时,终于到达了第一个有点难度的山壁。我判断这样的高度不需要登山绳，在半路上只在靴子上装上了防滑铁钉。装上以后，用铁钉咯吱咯吱地扎进冰雪，滑溜溜的石壁也能轻而易举地攀登上去。我已经胜券在握了，别害怕，呵呵呵！我踌躇满志。但其实攀爬起来并没有想象的那么厉害，反而滑了一下，令我吓了一跳。

随后我们进入树林，默默地前进。

一开始积雪大约齐膝深，渐渐地越来越深了。我们行走在积雪深深的卧藤松上。如果在夏天，这里根本没有路。卧藤松带来的问题是，走着走着，脚会陷入树枝的缝隙间。在上坡路上，不管如何扒开积雪，积雪都会不断地崩塌下来，令人寸步难行。

好不容易穿越了树林，积雪变浅了，但是周围无遮无挡，风势忽然猛烈起来了。雾气让视线模糊，其实我们走的是山脊上的小路，无论是左边还是右边，只要摔倒，就会坠落深渊。我保持着顶风姿势，用力把防滑铁钉扎进雪里，缓缓前行。慢慢地睫毛被冻住了，难以睁眼。

如果在强风中脚下一滑,那一切都完了。于是,当我感觉风势变大了时,就停下脚步。这时,风会停下。风停了,我再次起步,风又吹起。我停步,风便止。我前进,风就吹。这种时候,诀窍就是假装前进,让风吹起。在风停下的一瞬间,大步前进。但是,敌人也非比寻常。它假装停下又马上吹起,假装吹起却不吹,攻其不备,出其不意。我千里迢迢地来到严寒的雪山,结果做的事跟"一二三木头人"的游戏无异。

我们在岩石背面稍事休息,煮了红茶喝。

这么一说,似乎气氛很浪漫,令人不由想象:"看,那是冰晶啊!"事实上,为了煮红茶脱掉手套,手都冻僵了。手套几乎被风吹走,双眼也冻得无法睁开,鼻涕流下却无法擦拭。真是一场艰苦的修行。

我们在山坳口(山脊肩)安营扎寨。我前进速度迟缓,因此未能到达目的地,夜幕就降临了。

夜晚又是一场考验。为了搭建帐篷,我们试图弄平地面,但依旧高高低低。铺上数层厚厚的垫子,背后还是硌得慌。从袜子到登山服,把带来的衣物全都穿上,钻进寒冬用的睡袋,仍然冻得够呛。两三人用的狭小帐篷里挤了四个人,互相紧挨着还是冷。而且,由于没有空间,只能交叠着双腿睡觉,没有洗澡,所以胯股内侧皮肤都磨破了。

外面狂风怒吼,帐篷被蹂躏得不断哆嗦,我连小便也不想去。

可是,这儿有一个问题。

在雪山上如何大便呢?这个问题很久以前就是雪山七大谜团之一,汉武帝曾悬赏赐予解答出难题者一匹马才拉得动的金银财宝,这段故事路人皆知(骗你的)。在这样的严寒中,真的要露出屁股吗?有没有其他方法呢?

直截了当地说,结论就是:没有。无论是零下多少度,还是暴风雪,总要露出屁股。去滑雪场,在滑雪道上尝试露出屁股的话,就一定会了解那种滋味了。

不仅仅是寒冷,不留神滑了一下的话,就会光着屁股一路滑落下去。要不要喊人?还是太难为情了,不喊了?怎么办呢?在犹豫之间,会滑落到很远的地方。屁股全开,不不,是刺激满满!

因此,如果是在树林里,就死死地抱住树木。虽然形象不佳,但万一滑落下去,光着屁股摔死了,直到融雪的春天,下半身还是光溜溜的,一览无余。如今冰雪融解的潺潺流水下,蜂斗叶的花茎冒出地面来了;日渐灿烂的阳光照耀下,树木的花蕾开始绽放。哥哥您过得好吗?一定还是下半身光溜溜的。因此在雪山看到脱了裤子、牢牢抱住树的人,千万不可以嘲笑。

还有,如果想要取雪煮茶,必须注意不要在树下拿雪。因为上面覆盖着积雪,不知道积雪下隐藏着什么（读者们也许隐隐觉察到了，我的话要迅速发展为大便的话题了，我考虑了一下是否就此打住，但这也是出于学术的角度，因此决定厚着脸皮继续这个话题）。

如果附近有山中小屋，里面有厕所，那么没问题。但是，这厕所也非同寻常。

根据周边环境，冬季的山中小屋有时会建成两层楼高、冬季专用的厕所。为什么是两层楼高？不光是由于积雪深深，还因为在冬天无法处理粪便，需要很深的粪便槽。掉落的粪便马上就冻住了，因此没有异味，可怕的是它在不断地成长。掉落的瞬间马上就冻住了，无法在粪便槽内均匀地铺开，因此对着便器孔，像塔一样不断长高。

这才是，与比婆公①、雪人、大脚怪（三者都是未确认的神秘生物）并列为雪山四大怪兽、令人闻

---

① 比婆公，传说在日本广岛县比婆山出没的形似人猿的未知生物。

风丧胆的粪便塔的出世。

在严冬结束时,粪便塔也成长到可以从厕所便器孔冒出头的高度,人们不用锤子敲碎就无法如厕。敲碎也罢了,听说有人被粪便碎片刺入体内,流到心脏而死去,虽然不可思议,但千真万确(骗你的)。

而且,到了春天,被撤走的两层楼高的厕所下,高达两三米的粪便塔露出真面目,然后瞬间融解开,汹涌地袭击登山者们。政府强烈呼吁:"如果它向你搭话,千万不要理睬,不要跟它走。"

那么回到爬雪山的话题。

在冰雪重重的山里住了一晚后,我们终于到达了此行的重头戏——雪壁。

在几乎垂直的山壁上,平行移动数米的距离,然后攀登稍稍平坦的岩沟(似乎马上要崩落的岩石上的沟)。脚下由于雾气而看不清,听说是更为陡峭的山崖。看不见正好。

登山绳被挂起了。

对于不熟悉登山的读者们来说，是否曾因为各种疑问而不安地度过不眠之夜？比如，登山绳到底是由谁来放下？或者谁先爬上去放下呢？如果是这样，他又是怎么爬上去的呢？这可以说是雪山七大谜团之一，估计现在没有人在认真听我讲了，其实是第一个人徒手攀登，在上面的岩石上打下楔钉（粗钉一样的东西）固定住。之后攀登的队员们也并不依赖登山绳。因为那是紧急关头的救命稻草。

登山靴如同滑雪靴一般笨重，很难踩住岩壁上的小小凸起处。在夏天，脚尖可以踩住的凸起处，如今也几乎掩埋在了冰雪中。这种时候，可以使用脚上的防滑铁钉向前突起的冰爪。用力把冰爪踢进岩石缝隙中勾住，把全身重量压在上面，脚底是悬空的。这令人毛骨悚然。如果防滑铁钉脱落，就完蛋了。

我身为冒险家，岂能为了区区小事而丧命？但转念一下，我又不是什么冒险家，只是一个入门级登山者，所以，可能会由于区区小事而丧命。

我使用冰杖和双脚的防滑铁钉攀爬。太可怕了！视线模糊，看不清。也不知道登山绳是否牢牢地安装好了。我还是完全当不了冒险家啊。现在，我可以把重心移到这只脚上吗？真的可以吗？我觉得自己还是更适合大海。虽然没有试过冲浪或帆船，也没有尝试过水肺潜水，但是大海一定更适合我。我记不清了，总之后来一鼓作气地攀登上了一根登山绳的高度。

途中，在比较容易站立的地方，小心不被风吹动，把身体紧贴在雪壁上，等待所有队员到达同样的高度。登山绳再向上伸展上去。

在这样等待的时候，紧张的膝盖开始打颤，脚也似乎要踩空了。男人还是应该去大海，登山太狼狈了。我为什么没有早点发现呢？第二段距离的岩壁稍稍平坦一点，但反而更难爬了，因为不能用上双手。在雪山上，不尴不尬的斜面比险峻的岩壁更难以攀爬。脚下一滑，小命难保。

不经意间，到达了山顶。

我以为前方路途遥远，结果却已经到了。

这里是阿弥陀岳山山顶。

我终于登顶成功了！

现在我可以吐露真相了。至今为止我一直假装害怕，那是为了蒙蔽敌人，其实是轻而易举、小菜一碟。为了欺骗敌人，首先是橘子皮。嗯，一两座雪山，不费吹灰之力啊。放马过来吧！

由于雾气，看不清楚周围，反正是到达了山顶。我们四个干杯庆祝，深深沉浸在男人的梦想中，静静地嚼着奶酪米饼。

终于，南方的天空开始放晴了，刚才十米左右的能见度一下子扩大为三百六十度全景风光。哦哦，这简直像老天爷在夸赞我们的壮举啊！看到了吗？这是只有忍受了艰苦考验的人才能欣赏到的肃穆的风景！

"啊，天气真好！"忽然，传来了一个大妈的声音。雪山徒步旅行的游客们正在通过其他一般路径不断地拥上来。

如此，我的第一次雪山攀登顺利结束了。

我已经吃足苦头，不想再爬了。但为了我付出的十八万日元能折旧完毕，之后数年也继续了登山运动。即便如此，我浪费宝贵的冬假和黄金周去爬山，可以说是当之无愧的冒险家了。男人还是应该刚强有力。不可以一放假就马上跟女人去大海开车兜风。大海没有阳刚气。登山归途的电车中，往往会被滑雪回来的庸俗情侣团队等包围住。这些家伙不是问题。这种时候，我以毅然决然的态度表示："你……你在说什么？（其实对方什么也没说）我可一点也不羡慕。"

成为冒险家的道路是充满艰辛的，甚至是冷酷无情的。大自然会对傲慢任性的人毫不留情地露出狰狞的面孔。反之，人能保持谦逊的心态时，大自然就呵呵呵了，我不知道自己在说什么，不过，总之大山是严酷的。于是，我决定转行练习XC（越野）滑雪了。冒险家当机立断。

我马上去了里磐梯的冰冻湖面上练习行走。

冰层厚度达四十厘米。

据说十五厘米厚的冰层就可以了，但是如果一动不动，脚下的冰面会慢慢融化开。虽然一点也不可怕，嗯，但一动不动也不行吧，对于冰面也不好，于是四处走动了一下。很危险，孩子们千万不要模仿。在半岛上转了一下，却看到孩子们活蹦乱跳地四处奔跑。公司职员的女孩们坐着摩托雪橇飞驰着。

没办法，我只有在环绕池沼的树林越野路线中，展示一下我精彩绝伦的滑雪技巧，但由于地面平平，今天就到此结束了。

命运悲惨的包裹

（越南）

如果你的书架上有世界地图集，请打开越南地图看一看。

地图上，越南的形状犹如比拉星人①一般。比拉星人的腿的正中，南北狭长的越南海岸线上向东边最突出的部分，是芽庄。

---

① 《奥特曼》里的外星妖怪。

从胡志明市坐大巴到芽庄大约十个小时。沿着海岸线北上,渐渐地视线里出现了南海,那一色澄碧令人无以言表。我去的那次,看到了绝美的大海。白人游客们头脑发热,一下大巴,也不脱衣服,哇呀呀地喊着跳进了大海。果然是白人。完全不考虑湿身以后怎么办。

我马上决定在芽庄买一条泳裤。在当地居民熙熙攘攘的集市上找到的是,红黑橙三色浑然一体、妖艳夺目的马赛克花纹短内裤。仅仅这样也罢了,在裆部竟然有一个拳头大小的粉色心形。好像美人侠①啊。美人侠倒是正义的化身,这条泳裤却有些变态。为什么一定要在裆部印上一个红心呢?

但是当我来到海边时,素不相识的白人游客主动来给我照相。哈!没想到这泳裤似乎是七十年代怀旧的帅气款式。应该说是无心插柳。也有日本人

---

① 漫画《电脑奇侠》里的人物。

说:"大概白人以为你是当地人,所以给你照相。"但我觉得他这么说是在嫉妒我。

一次,我在街头漫无目的地走着。一个骑自行车的中学生模样的少年在擦身而过时,随意地打了声招呼:"Hello(你好)。"我也假装开朗地回应:"Hello。"

"你去哪里?"少年问。

"随便走走。"

听了我的回答,少年邀请我:"来我家玩吗?"他看上去白白净净、聪明懂事。

我立即答应了,因为我无所事事,邀请我的人也只是一个中学生,不必担心被骗。我眼前浮现出这样的桥段:和开朗的当地少年结下深厚的友情,回日本后也会作为异国他乡的朋友,留在美好的回忆里。少年的家在市中心,是一幢三层楼的白色建筑,还很新。

少年有些骄傲地用手指着房子，说："New house（新家）。"然后主动告诉我那花费了六千八百美元。接着他向我炫耀，外墙的面砖一块十美元，起居室的地砖一块六美元。顺便介绍了一下他的母亲、祖母、姐姐和家人，最后介绍说一套沙发价值四百美元。我不由得想问："你姐姐价值多少？"

他母亲为我做了点简单的午餐。因为难得来做客，我添了一次饭，吃了两碗。我用刚刚学会的越南语说："Cam on。"Cam on 意为"谢谢"，并不是在说英语 Come on（来吧）来引诱他母亲。

可是，吃完饭就无事可做了。我正觉得有些不自在，少年突然提出一个请求。他母亲想给在日本的朋友写信，希望我可以帮忙带去。

小菜一碟。只要回日本，把信丢进邮筒就行了。

"好的。"我答应了。这时忽然一个念头浮上心头：也许这个少年一开始就是为了寄信，才邀请我去他家的。我有一种上当的感觉，但只是一封信的话，也没什么可抱怨的。

少年对母亲说了几句，母亲向我低头致谢。然后取出信纸，马上写起来。少年说："祝贺生日的信。"转眼就写完了一封短信。我正看着，她母亲从里屋拿来一样东西，开始包装起来。像一个便当盒，里面不知道是什么。她用双层包装纸包起来。

嗯？

这是什么？难道……

我有一种不祥的预感。不会让我带这个包裹去吧？

他母亲把两个便当盒大小的包裹包好，最后把刚才写好的信折起来，包在一起。

你！刚才不是说信吗？这不是包裹吗？

不对吧。

我在旅游出发前，舍弃了随身听，抛下了文库本，千辛万苦减少了行李，最终来到越南。我的背包已经塞得满满的了，再也装不下东西了。而且，旅程才刚刚开始。说实话，真不想带上这两个累赘。

停！我想叫起来。但面对温厚的母亲，事到如今，我不忍阻止。在我踌躇之间，包裹已经快速完成了。

少年说："邮费太贵了。里面的东西不值两美元，邮寄的运费却要将近一百美元，太傻、太不值了。"然后把包裹交给我。

什么太傻、太不值了？我才太傻、才不值了。就吃了两碗饭，却增加了这样的负担。我拿起来掂了掂，比想象的要重，大约是两盒羊羹的重量。真倒霉！

少年笑着说："那么，拜托了。"把我送到玄关。他的态度给我的感觉是：一旦把包裹送出，好，再见！

什么啊？还是一开始就这么算计好了的，混蛋！

我还是应该表示遗憾，你说是信件，却给我包裹，太卑劣了吧，太狡猾了吧。我打定主意在玄关处断然拒绝，可是他母亲也出来送客。

"真是谢谢了。"她彬彬有礼地向我行礼，我也不由点头回礼。

上当了！那个小鬼设下的巧妙圈套。

为什么我要帮忙带包裹？我连里面是什么都不知道。他们说是生日礼物，但如果是可疑的东西，那如何是好？

我离开了价值六千八百美元的房子，径直去了邮局。随身带着太麻烦了，决定在这儿邮寄算了。但是忽然想起他们说要将近一百美元，那我付不起。但我实在不想带着包裹继续旅行。作为随身物品带回日本的话，我不知道里面是什么，所以很危险。

如果真是一百美元，就把包裹扔了。老子才不管呢。里面的东西价值才两美元，况且是生日礼物。即使没寄到，也无关紧要。

我这么盘算着，向邮局询问运费。工作人员回答:"十七美元。"

十七美元?

比预料的便宜。虽然便宜,但一想,我住的旅馆才九美元。而且我努力克制住想住带空调的十二美元房间的欲望,住了天顶有吊扇的九美元房间。如果加上这十七美元,可以让我住五晚带空调的房间。但为什么仅仅因为我吃的那两碗饭,要付十七美元?而且就十七美元的话,你们自己付不就好了?

我还是无法接受,十七美元说可惜也是可惜的,暂且先把包裹带回旅馆。

第二天,我有约去野餐。

在我去咖啡馆的时候,偶遇了一个学习日语的女孩。她邀请我和她的朋友们一起去野餐。包裹问题尚未解决,我决定先不去考虑,外出游玩。

早上,来了五个女孩。我和她们分别坐上三辆

50CC的摩托车出发了。五个女孩中，有三个戴着蝴蝶结草帽。所有的人都戴着太阳眼镜，看上去像梦幻少女。

也许为了不吸入摩托车尾气，她们都用手帕叠成三角形，遮盖口鼻，看上去像西部片里的枪手。为了遮阳，双手戴着薄薄的、长至肘部的塑料手套。草帽、太阳眼镜、三角面罩、塑料手套，这般搭配说不清是时髦还是什么。

先不管这个，看一看现在我身处的幸福环境。从日本来到这里，忙忙碌碌中，做梦也没想到开始了五对一的超级野餐。为什么在我身上会发生如此幸运的事呢？

我们穿越市区，从国道开到乡间小道，在田野中穿行，进入深山，最终来到森林中的小溪旁。停下摩托车，随意找一块岩石，坐下吃午餐。

午餐是法式面包和鱼，很有情调啊。被五个女孩簇拥着，我暗暗期待，爱和肉感的法式面包、飘飘欲仙的罪恶的雪肤、迷失在禁果之爱中的男女。鱼却是开片去除内脏的。女孩们在陶盘里倒上食用油，点起火烤熟开片鱼，香香脆脆地吃了起来。

你们难道是中年男人吗？

然后吃了奶酪，再吃了西瓜和葡萄。还有其他食物，大口大口贪婪地吃着，不觉已经到了回去的时间。

这是怎么回事？只是来吃东西的吗？

归途顺道在各处游玩了一下，最后回到芽庄市内。

我坐在50CC摩托车的后座，感受清风扑面，忽然想起了包裹的问题。区区十七美元。两千日元。花两千日元，就可以为在日本的某人送去生日礼物。

我到底在犹豫什么呢？不就是十七美元吗？在越南感觉是一笔巨款，但在日本不过两千日元而已。完全可以接受。来旅游，就不应该为了鸡毛蒜皮的小事——愤慨。对了，这个野餐会不正是上帝给我的奖赏吗？奖励我怀着仁慈善良的心带去礼物。

我决心花十七美元去邮寄包裹，回到旅馆。

女孩们把我送到门口。

回到房间，一看桌上，包裹就在那儿。那是我化身为天使丘比特从越南送到日本的、充满爱心的生日礼物。

我轻轻拿起包裹，只见底部爬满了蚂蚁。

呃！

急忙打开包裹，里面不是羊羹，是类似的点心。也不知是从哪里进去的，大量的蚂蚁在大快朵颐。

真糟糕！

我试图赶走蚂蚁，试了几种办法。但蚂蚁实在太多了，没办法一一抓掉，包得太不密实了。去死吧，混蛋蚂蚁们！嘿！把包裹扔进了垃圾桶。

啊呀，糟了！不能丢掉，不能丢掉。

可是如何是好？事到如今，不可能把蚂蚁清除以后再邮寄。不行,实在没办法了。但是,去他家让他们再买一份点心,反而会引起无谓的猜疑,我可不喜欢。

我感到深深的罪恶感,在打击下瘫倒在床上。我干了什么?那仁慈善良的爱心呢?

但是,话说回来,我其实没有任何责任。是少年的母亲包装得太马虎。归根结底,我用自己的钱邮寄包裹也是很奇怪的。那么,我为什么要感到愧疚呢?客观地来看,受害者应该是我。我不能理解。

我冷静下来一想,不能接受这样的事实。通过慎重商议,全体一致通过决定:包裹一事就当未曾发生过。心里充满着野餐会的美好回忆,我淋了浴,早早地睡下了。

年度风云高僧

（不丹）

人们称我为"风之旅人"。

既然是风之旅人，便不适合团队旅行。

请想一想，即使是同样的地方，自己去或者和很多人一起去，你的感觉全然不同。自己去的话，可以直接切身体验这个国家的一切，空气、清风、泥土、尘埃……而跟其他日本人一起去的话，周围的空气也跟在日本一样。

首先，耳中听到的是日语，肌肤感受到的微风也是途经旁边大叔的恶心鼻毛而来的。异国情调的香风，也许混杂着大妈的打嗝气。因此，到头来周围还是充满了日本的分子。如同包裹在日本这张薄皮里的饺子进行旅行。

更过分的是，这样的饺子旅行团看待我们自由行游客的目光又是不友好的。往往流露出："你们在干什么？我们是千里迢迢到这里来的，你们不要乱闯进风景里。"好不容易享受到了外国的氛围，日本人不要转来转去地碍眼。其实这正是我想说的！

不丹与印度的东北部接壤，是喜马拉雅山脚的一个小国。每年只接纳三千个游客，因此不能漫无目的地流浪旅行，一般都是通过旅行团。如果是自由行，费用更贵，但结果游览的地方跟旅行团一样，而且全程需要导游陪同。

风之旅人对此十分不满。虽然不满，但我朝思暮想地要去不丹，只好含泪接受。

比尼泊尔的加德满都还要高出一千米的不丹平原部分，与其说是在喜马拉雅山脚，还不如说是在喜马拉雅山里。但海拔还是比森林界限低，跟中国西藏那里的不毛地带不同，不丹是在山谷里开垦农田的农业国家。

飞机降落在不丹第二大城市——帕罗。不，也许不应该称之为城市。连个镇子都算不上，是个村子。那里只有一条大街，两旁林立着五十多家商店，商店后面就是农田。连小巷子也没有，当然也没有四层以上的建筑物。没有交通信号灯。但是，这里悠闲宁静、令人放松。

我的司机兼导游卡尔曼是一个青年，个子不高，却很帅。他身穿类似日本浴衣的不丹的民族服装——"帼"。风之旅人不需要什么导游，但正如我所说，在不丹没办法。

卡尔曼三十岁，他自称有一个十九岁的妻子。刚见面就这么说也许不合适，但你肯定会遭报应的!

在去酒店的途中,卡尔曼问我日语怎么说"I like you"(我喜欢你),我告诉他:"Suki da。"

"Suki da?"

"对,suki da。"

"很短啊。suki da 的哪个部分是 I?哪个部分是 like?"

"Suki da 是 like 的意思。在日语中其他部分可以省略。"

"Suki da,嗯,不好。"

"为什么?"

"不清楚谁喜欢谁。而且,音感也不甜蜜。"

"那么,在不丹怎么说?"

"Ngchuru gaumea。"

"Nga?"

"是 ngchuru gaumea。怎么样,很甜蜜吧。I like you 也很含情脉脉,ngchuru gaumea 也非常好。相比

而言，suki da 太生硬了。"

多管闲事。我个人认为，ng 啥的 churu 啥的更加煞风景，毫无情调可言。

"那么，用日语表达 I love you（我爱你）怎么说？"

"aishiteru。"

"aisuteru。"卡尔曼说。

"a、i、shi、te、ru。"

"a、i、shi、te、ru。"

"aishiteru。"

"aishiteru。"

可以了。可别让我重复这么多遍了。

随着两个男人这样继续着令人恶心的对话，车子到达了帕罗最豪华的酒店。

次日，我们去游览不丹藏传佛教的发源地虎穴寺，那里海拔为三千米。登山地点海拔为两千五百米，单程要花费三个小时。作为旅行的必经之地，这个寺庙出现在介绍不丹的各种导游书中。它建造在三百米高的悬崖峭壁的半山腰上，据说是不丹佛教的鼻祖莲花生大师在片刻之间建成的。

登山路的入口附近水田青青，艳阳高照。这真是野餐的好日子。卡尔曼手指远处高耸的山崖说："那就是虎穴寺。一生中能来参拜一次是每个不丹人的梦想。"

我们向着悬崖一方，渡过吊桥，数条狗成群结队地摇着尾巴接近我们。

"在不丹，狗摇尾巴表示高兴。"卡尔曼说明道。

在日本也一样。

"狗儿们在说'见到你很高兴，欢迎来虎穴寺'。"

呵呵！不愧是导游，真是伶牙俐齿。

看到其中一条狗低垂着尾巴走着，卡尔曼手指着它说："它不太高兴。"接着又说："这条狗有点高兴。那条狗很高兴。"

……

"这条不太高兴。那条……"

够了,卡尔曼。这些无关紧要。

在森林中走了将近两个小时,终于抵达了山脊的休息处。我已经筋疲力尽了。风之旅人也需要休息,那就休息三十分钟吧。刚这么想,卡尔曼催促我上路了:"日本的僧侣团一小时前赶往虎穴寺了。参观寺庙内部需要获得特别的批准,而僧侣团取得了许可,如果我们赶上他们,说不定能一起混进去。"

原来如此。卡尔曼也许所言极是,可是我堂堂风之旅人,怎可借助团队游客之力呢?这样的施舍我可不需要。虽然不需要,但是我神速的黄金双腿转瞬间就赶上了僧侣队伍,跟着他们一起进入了寺庙。

周围的和尚们都身穿袈裟、头上光光,我不管再怎么老老实实的，还是鹤立鸡群。只有故作镇定的眼神犹如潜心向佛之人。带着这样的眼神，我安安静静地参观了寺院内部。

也许是被我虔诚的样子打动了吧，谁都没有注意到我。于是，我得以参观了各种佛像：冥想中的莲花生大师像、骑虎的莲花生大师像、扛着板斧的金太郎像……我在胡说，没有那样的东西。擅自混进来饱了眼福，要说是不是有些过意不去呢？完全没有，只是觉得福星高照。福星高照八十年。

此后，在首都廷布，我也在不知不觉中挤进了为团队游客特意表演的不丹传统"面具舞"会场。

毋庸置疑，我乃心比天高的风之旅人，完全没有为此调整时间；没有停车等待三十分钟；也没有在等待期间去商店买了香脆的米饼，吃了觉得很美味；更没有感叹或抱怨："啊！旅行团的车来了。""旅行团真是慢吞吞！"一切都事出偶然。

顺便说一句，在虎穴寺的归途中，旅行团的游客们众口一词地重复一个傻到家的笑话:"已经受够了这样曲折的山路。"①笑声四起,久久不断。旅行团真是无可救药。

从前,在严寒的冬季,不丹的国王与政府部门会从首都廷布迁移至温暖的普拉卡办公。在廷布或普拉卡等主要城市里,设有政府执行公务的建筑,被称为"宗"。这是一个巨大的建筑群,综合了寺庙、国家议会、军事要塞等各种建筑。墙面涂着红白双色的条纹,在喜马拉雅的湛蓝天空的映衬下,色彩鲜艳、景色宜人。尤其是普拉卡的宗,坐落在两河之间的河中沙洲上,以它独特的美而闻名于世。

以前,所有的宗都对游客开放,但游客们擅自拍照、吸烟、乱涂乱写,各种嚣张无礼的举动,最终让不丹政府无法容忍。因此,现在只允许从外部参观。

---

① 日语中,"虎穴寺"和"受够了"发音相同。

我们来参观普拉卡宗。

由于不能入内，我们正望而兴叹。忽然发现虎穴寺的日本僧侣团再次获得特别许可，正在进入宗内。可是，普拉卡宗与虎穴寺不同，戒备森严。因为这里不是名胜古迹，现在也是政府执行公务的地方。气氛庄严肃穆，决不允许浑水摸鱼、偷偷混进去。

对了……可是……啊……怎么说呢，这是一个只有你我知道的秘密，其实我很久以前就深深地崇敬着高僧师父们。而且，我个人觉得团体旅行……怎么说呢，也是有其乐趣的。刚才说的福星高照八十年，其实是想说一粒格力高跑三百米。我被称作风之旅人，这也是一派胡言，其实被称为梦中情人。总之，独自一人去国外旅行，然后回来自我吹嘘去了什么边境地方，这样的家伙没一个好人。自由旅行还是跟团旅行无关紧要，只能说拘泥于这个问题的人气量狭小。对了对了，我再重复一次，我很久以前就深深地崇敬着高僧师父们。当然，团队旅行也是很不错的。

我得到了僧侣团的许可，一起进入普拉卡宗。

和尚们似乎要跟谁会面，进入院内，马上被带到了楼上的大厅。我跟去一看，大厅内部的窗边坐着一位老人，身穿黄色法衣，头上也是光溜溜的。他一定是住在普拉卡宗的和尚吧。

我跟随日本的和尚们恭恭敬敬地端坐下来，看着老和尚。

"这次获得许可与您会面，真是○×※▲△。"日本的领队和尚发言了。于是，老和尚旁边的年轻僧人进行翻译。老和尚再说几句。如此，两人用低沉沙哑的宗教者独特的嗓音，商议着什么。我听不清他们在讲什么，但模模糊糊地听到："为了世界和平一起努力吧。"似乎在谈论超脱尘世的话题。看来世界上无论哪儿的和尚都一样，令人无可奈何。

我来是来了，但是事态发展似乎有些奇怪。这个僧侣团到底是为何而来？

寒暄暂且告一段落，老和尚开始给每个人发护身符。

我不是僧侣，因此想推辞，但如果就此能获得好运，那么如同谚语所说"抓住救命稻草"一般，我也欣然笑纳了。

面对身穿T恤、乱发蓬蓬的我，老和尚威严地扫了一眼。我几乎要脱口而出："如果这样的话，不要也罢。对，我只是一个无名的好青年。"看来是我多虑了，老和尚静静地把护身符递给我。听说这个幸运的护身符里装有长生不老的仙药。事后，我打开看似廉价的纸包，纸上写着一些藏文，纸包里是三个艳红色、鼻屎般的颗粒。

然后，大家一起拍摄合影。我想说：和这样的老和尚照相有什么可高兴的？快去揭开宗内部深处的神秘面纱吧。但是我也是被收留的身份，姑且露出灿烂的笑容照了相。也许笑得过头了，只有我显得突兀，卡尔曼皱着眉头，静静走来，语气严肃地悄悄跟我说："那是杰·堪布，是不丹佛教地位最高的和尚。"

是和尚吗？不，是这样吗？① （扣分）

原来杰·堪布在不丹像国王一般地位尊贵。据说只有他和国王的车牌上没有号码。王后的车上也必须有车牌号。他是如此重要的人物啊。

嗯，原来如此，怪不得那般沉着冷静。也许他为了世界和平，日理万机，废寝忘食。僧侣团为了见他，特意从日本远道而来。

就这样，与不丹 VIP 的会面，顺利结束了。我只是区区一个游客，竟然能受到这样光荣的礼遇，甚至得到护身符。这完全是由于我的高尚品德，和僧侣团毫无关系。因为我是风之旅人。

---

① 日语中，"和尚"和"这样"发音相同。

花海中的白马王子

(丝绸之路)

奥特曼警备队追踪着金古桥(King Joe),向西挺进。而我搭乘开往乌鲁木齐的列车,向西行驶。从香港北上,在郑州眺望黄河后,向西直角转弯,沿着黄河,直奔丝绸之路。

在列车上睡了两晚,每天早上起床一看,窗外的景色都截然不同。第一天是延伸至地平线的辽阔的田园风光,第二天沿着黄河冲刷形成的溪谷行驶,第三天是广阔无垠的沙漠。

白天我醒着的时候,景色毫无变化,真不愧是拥有五千年历史的中华大地。但早上起床时,风景完全变了样。真是不可思议。难道是半夜舞台布景师重新布置了?

列车向西行驶了两天两夜,途经丝绸之路的起点——西安、兰州,驶入了广阔的戈壁滩。

我有生以来第一次看到了沙漠。

沙漠啊,一望无际的沙漠!

其实这些对我来说无关紧要,我要去的是敦煌。

我需要在酒泉下车,从酒泉乘坐八小时长途汽车,到达敦煌。但是,到达酒泉已是下午五点,我决定在这里住一晚。

中国西部的火车站往往离市中心很远,在酒泉火车站下车后,那里连一个小卖部也没有,也找不到汽车站。我无计可施,呆呆地站在沙漠中,终于公共汽车来了。很好!

然而，车上没有标明目的地。我从车窗询问乘客，是否去酒泉市内，但完全无法交流。怎么办？如果不小心坐到成田机场出发口，那岂不是白忙活一场？但独自一人留在这荒无人烟的沙漠中也甚是无趣，于是我还是坐上了公共汽车。这应该是去酒泉的车吧。

我想在鼓楼下车，那里有外国人专用的酒店。因为无法交谈，于是打算写汉字，正在摸索着纸笔。这时，一个年轻女孩用英语说："你想去外国人专用的酒店吧，我也去那儿附近，可以给你带路。"

她虽然长着一张可爱的娃娃脸，但脸庞稳重温和，眼神聪慧。聪明、可爱而又端庄，是我喜欢的类型。

太感谢了！太好了。事情的发展正合我意。

鼓楼是个古老的楼阁，旁边有酒泉宾馆。那个女孩把我带到了酒店的前台。多热心啊！我应该代表日本人民好好表示感谢。我迅速地在前台……

"多人宿舍房，可以吗？"

"可以，可以。"我办好入住手续……

"跟香港的旅游团同住，没问题吗？"

"好。我都可以。"我要借此机会……

"一晚四元，可以吗？"

"知道了，知道了。可以，可以。"我要加倍表示感谢，以加深彼此的感情，但回头一看……

"在这儿用晚餐吗？"

"是是。"我答道。但那个女孩已经消失了。

我追赶到酒店外，不见人影。

怎么搞的！我竟然没有机会好好感谢她。

我应该代表日本人民，至少请她吃一顿饭，由于前台磨磨蹭蹭，导致我很失礼。如果由此对终于正常化的中日两国友好关系造成影响，我这个代表日本的诚实好青年也名声扫地了。

可是，就在这短短一瞬间，她到哪儿去了呢？应该没有时间走得很远。

我忽然想到了。

也许她又坐上了公共汽车。

她为了给我带路,特意下了车。

她在与自己毫无关系的公交车站下车,把我送到酒店以后,再坐公交车回自己家。我在这条一览无余的道路上找不到她的踪影,只有这个可能性了。

真是可钦可佩!她是多么的热心坚强、温和体贴!本来应该邀请她共进晚餐,以纯粹的感激之情堂堂正正地护送她回家,并就住址、姓名、年龄、电话号码、方便联系的时间段等问题,进行热烈的国际讨论。

酒泉宾馆的多人宿舍房是四元(当时四百日元)。

狭长的房间里并列着两排床铺。中间用保健室一般的白色屏风左右分开,好像右边是男性,左边是女性。我找了找空床铺,只有左边最里面的一张了。但是，这边是女性吧。

给我带路的酒店服务员温和地微笑，催促我去那张床："完全不用介意。"我有些狼狈，劝说自己：酒店服务员说，如果不愿意住这里，只有住很贵的单人间，所以就这里吧。为了让全屋人都清楚地听到，让服务员再次重复了一遍，并从男床铺一侧绕到那张床铺。再向旁边床铺的女孩确认："我真的可以睡这里吗？"听到她回答"OK"，于是尽量面朝墙壁，放下行李。这样大家应该充分理解我毫无邪念了吧。

大概同屋的女性都是香港人，都是学生模样的年轻人。有人在屏风背后换衣服，我想尽量不看，真的毫无邪念，却反而忍不住想确认一下。

中国的宿舍房不分男女，令人尴尬。

在郑州住宿时，房间里铺了七床被子，却挤满了男女九人。我几乎想谦让一下，睡在桌子上（虽然最后没有那么做）。半夜，法国情侣开始窸窸窣窣有所动作，我和其他六人却无法忽视，不知何故紧张得不敢翻身。虽然心情焦虑，想早早入睡，但耳朵里不断地传来细微的声音。这是什么声音？不，这无关紧要。但究竟是什么声音？整晚苦闷得无法入睡，最终全身僵硬，化身为木乃伊了。

这个宿舍里有一个白人。傍晚，围绕这个白人发生了一个小小的事件。

白人男子一直躺着。香港女孩借用了一下椅子，男子就一下子发起火来，叽里咕噜地叫嚷着，爬起身，一把夺过椅子扔在地上。房间内的空气一瞬间凝固了，他到底为什么这么生气呢？

香港女孩满脸疑惑，呆呆地站立着，好像在说：没有必要这么生气吧。白人男子又钻回被子里。

为什么为了区区一把椅子，如此小题大做呢？

但是我管不着这么严重的情况，倒是更担心伤心的女孩。被丢在地上的椅子正巧滚落在我的脚边。我扶起椅子，拿给女孩，用手势和表情示意："没事没事拿去用吧。"

次晨,我醒来一看,昨日拥挤的房间里空无一人。不,只有一个人,昨天椅子事件中的那个女孩。她好像把我弄醒了。她微笑着递过来一张明信片。我还未完全清醒,有些不知所措,她好像在道谢:"昨天谢谢了。"随后,她走出了房间。

我看了看明信片,上面写着:"日本人,你好,昨天非常感谢。我们现在去敦煌。如果你有机会来香港,需要帮助的话,请打这个电话。"

电话号码旁还写着一个名字"李惠文",我不知道读法。这是她的名字吧。我躺着高举明信片,呆呆地注视着这个名字。明信片背面是巨大岩石的照片。

虽然和她仅仅交流了只字片语,但感觉她像是很早就认识的老朋友。这也算是一次相遇吧。旅途中充满着相遇。我脑海中浮现出一个词——"一期一会",① 然后还想继续考虑这个问题,但睡意再次袭来,于是又睡了一会儿,醒来就把它忘得一干二净了。

次日,我也向着敦煌出发。那里是我此次旅行的目的地。

坐长途巴士一般需要八个小时,结果我花了十个小时。敦煌因莫高窟遗迹而闻名于世,NHK 的《丝绸之路》②节目中也反复进行了介绍。我回想漫长的旅途(其实从香港到这里才不到一个星期),一个人默默地感动了。

我独自参观了莫高窟。

以前读过一个著名摄影家的摄影旅行记,他写道:"在敦煌的某个石窟中,久久注视着佛像,最后佛像微微一笑。"艺术家真是无可救药,但如果确有

---

① 日语词汇,意为"一生一次的相聚"。
② 日本 NHK 电视台和中国中央电视台联合制作的大型电视系列纪录片。

其事,我也想体验一下。我挑选了中意的佛像,席地而坐,静静地等待。

我等待了片刻,奇迹没有发生。也许是因为我心存杂念吧,所以继续等待。只要驱散杂念,灭却心头火,奇迹一定会发生的。可是左等右等,佛像不笑。这种事情还是不可能的吧。我放弃了,正打算回去,那一瞬间,忽然佛像对我露出了微笑。难以置信,但的的确确微笑了。我很难为情,别这样笑了。

在莫高窟遗迹附近,有一座真真正正的沙山,名叫鸣沙山,是一个观光景点。

我们在山脚的停车场擦肩而过。我先发现了她,不由得用日语说:"啊,太巧了。"她说:"啊呀!"什么意思?好像伴随这个感叹词,她的膝踢也会飞过来。似乎是广东话的感叹词,难道没有更女性化、更有风情的表达方法吗?

这个暂且不管,以为不会再见了,现在再次偶遇，我很高兴。

惠文比画着示意让我在这里等，去旁边的特产礼品店买了一把可折叠的扇子过来。

"这是礼物！"她递给我。

"谢谢。"

"我签一下我的名字。"

她取出圆珠笔，在扇子的一边写上自己的名字"惠文"，并教我读"wei men"（广东话读音）。我们交谈了片刻，听到她的朋友叫她。她站起身说："来香港的话，联系我。"

"明白了。"

"再见。"

"再见。"

我们握手道别。这是在旅途中萌芽的小小的友谊之花。

当晚，我在日记中写下："在敦煌交到了一个朋友。"文末写道："也许不会再见，但这次相遇令我终生难忘。"这段美好的回忆将珍藏在我心底,我的眼角不觉湿润了。

可是,我在第二个目的地——吐鲁番,又遇见了她。"啊呀!"她又说。不要老说这句话啊。

细细想来,沿着横贯大漠的兰新铁路,酒泉、敦煌、吐鲁番、乌鲁木齐,一路都是观光景点。在每个城市,外国人可以住宿的酒店一般只有一个,因此大家的行程和酒店都是一样也不足为奇。

在经历过两次感人的道别后,又恋恋不舍地再次见面了,我们简直像青涩的年轻恋人一般。最后我们利用了这种藕断丝连的反复见面,索性约定下次在乌鲁木齐相见。我决定不妨好好约定,进行一次约会。

在此我需要解释一下,我作为男人对惠文毫无非分之想。她性格开朗,外貌也可以用"淘气包"来形容,是个假小子般的女性。没有酒泉公交车里遇到的女孩的那种楚楚动人,也没有妖艳女人的性感，倒像一个精力旺盛的泥猴王一般。我只不过沉浸在交到外国朋友的喜悦中而已。

但是，之后的事情却完全向出乎意料的方向发展了。

在乌鲁木齐，我如约见了惠文。

她邀请我一起去天池。在当时的中国，允许外国人旅行的区域最西边是乌鲁木齐。天池是乌鲁木齐郊外山上的一个湖泊。乌鲁木齐是一个尘土飞扬的新兴城市，并无可看之处，因此我接受了她的邀请，决定去天池。

他们是十七个游客的旅行团，加上我共十八个人。规模不小，但听下来，原本并不是一个团的。

香港的年轻人喜欢和几个朋友一起去旅行，中途各自分散开，去相同地方的人再次重组为团队。这是一种非常合理高效的旅行方式。

次日，虽然事先预约好了一天一班去天池的巴士，但十八个人全体迟到，没有赶上。开门不利，怎么回事？一点也不合理高效啊！

我们马上租了一辆面包车，但只能容纳十一人。其他七人必须等候其他车。其中六个女孩说行程不紧张，明天去也行，于是离开了。因此剩余十二人中多出了一个人。

当然，我是唯一一个外国人，我说我留下，惠文却反对说："外国人不应该留下。"于是，有人说公平起见，应该抽签决定，大家都赞同这个主意。

不幸的是，旅行团里只有我一个单独的游客，大家都是两到五人的小团体，每个小团体都不希望少一个成员。原本是非亲非故的陌路人临时聚集在一起的，空气中弥漫着一种浓浓的氛围：最好别人能放弃。所以我不是早说了我放弃吗？！

有人拿来了一次性筷子，十二根里只有一根做了标记。

为了面包车的座位，事态发展至此，令人感觉刺激起来了。我坐不上车也没问题，但是看到眼前一次性筷子哗啦啦地抖动，心中涌起强烈的念头：千万别抽到那一支签。

一个人留下，没问题。但是，一个人不中，绝对不行！

其实我的抽签运非常强，大约十二次十一中的概率。因此不可能不中。但是，我也罢了，还要考虑惠文也可能不中。看她很期待和我一起去天池的样子，如果她没中，把她留下也于心不忍。如果那样，我会为了她，一起留下。不用担心，惠文，我与你同在。

抽签的诀窍是，要有一击必中的气势，摒除一切杂念。呵呵呵，作为东亚抽签比赛日本代表选手，马上给你们展示一下我惊人的实力吧。

香港人聚集起来，轮流抽签。

结果我是最后一个抽。

这种情况下，通常不会出现"最后一根签不中"

这样戏剧性的场面。我胸有成竹地拿起最后一根签。

没中。

不可能，我竟然会没中，不可能！

惠文惊讶地看了看我手里。

怎么回事！

太可悲了。

不过等等。看似惨不忍睹的不幸事件，反过来说，我高中了十二分之一的概率，还是不得不说我的实力惊人。我怎么会不中呢？也许有人会有异议，但是我认为：中的人是我！我心中暗想，说服了自己。

早知如此，一开始就按照我说的做，我倒是一个为了他人、为了社会作出自我牺牲的好青年。抽签后，我反而成了一个福薄命短的倒霉鬼。

最终，六个女孩和我留下，打算寻找其他车，或者乘坐明天的巴士，一路站过去。这么说来……

这么说来，六个女孩和我。

看吧看吧，活该，再见了，香港的倒霉年轻人们，勇敢的狮子们啊！再补上几句的话：Goodbye Hongkong boy（再见，香港男孩），爱的斗士们！我也说不清，反正是感觉无比幸运。

这时，惠文像一个慈祥的母亲一般走来："没事，我也留下。"

我强调了一个人没问题，不用她留下。但她意志坚定："你不会说汉语，我有责任照顾好你。"她的建议的确令人高兴，但是这么一来，"哎，你从哪里来的？"六对一热情似火的剧情要发展成"你好"一对一安静无趣的内容了。

于是，八个人留下寻找新车。马上找到去天池的车，比十一人坐的车只晚了一小时，离开了乌鲁木齐。

刚才那场剑拔弩张、你死我活的抽签斗争是怎么回事？看来只不过是全体一致通过：我是最不幸的人。开什么玩笑？

天池盈满了天山山脉的冰雪融水，重重叠叠的山影背后隐约可见白色的雪峰。其间点缀着观光用的蒙古包，营造出一种边塞风情。岸边空无一人，一起来的香港人各自分散开了，我和惠文在水边的岩石上坐下。

"你像香港人。"惠文说。

常常有人这样说。我在亚洲各地旅行，知道自己的容貌像中国的广东或香港、越南一带的人。

"日本人都很漂亮。女人很漂亮，男人很帅。"

"那是因为你一直看电视剧里的日本偶像。"

"因为日本败给美国人，变成混血儿了，所以都很漂亮。"惠文忽然语出惊人。

"并没有混血啊。"

"但是，败给了美国，变得漂亮了。"

原来如此，也许是吧。在此，我深思了战后美国对日本文化产生的影响，但太高深了，估计常人无法理解，在此按下不表。

惠文注视着我的双眼说："你的眼睛很漂亮。"

对啊，是啊，我心灵纯洁，因此眼睛透亮。不对，等一下。我身体僵硬了，惠文注视着我的眼睛，似乎在渐渐靠近过来。

我站起身来，沿着狭长的湖岸走去。我尽量故作自然地站起来，但心神不宁。

当时，我二十岁，惠文二十三岁。

她究竟在想什么？也许天真无邪的她什么都没想，是我自我意识过剩吧。不，惠文的脸的确凑近了。我的视野一半被她的脸挡住了。

等等，等等，也许她只是想细细看我的眼睛。刚才我忽然站起来，会不会伤害了她的心？

我不知所措了。二十岁的小伙子竟然惊慌失措？一笑而过就行了，但对于没有男女经验的我来说，一切是个不解之谜。

不管怎样，多虑有伤身体。之后我一个人的时候，在野外释放自我，拉了大便，随即恢复心态了。

中国农村地区的厕所没有隔挡，反正被人看见，在外面拉也一样吧。卫生纸用光了，我用导游书来擦，觉得很痛。

对了，我一直在拉肚子。旅途中，不知什么时候开始拉肚子，每天拉，拉肚子成了头等大事。从日本带来的两卷卫生纸，大约二十天就用完了。

我和惠文及其他四名男女游客一起从天池骑马去半山腰上的雪溪时，在摇晃的马背上催动便意，不得已数次下来解决。

晚上，惠文和同伴一起来到我的房间，想给我止泻药，我不喜欢吃药，因此拒绝了。于是，惠文似乎觉得照顾我是她的职责，硬生生地撬开我的嘴巴，给我喂药。其他香港人并不嘲讽，只是笑着看我拒绝服药，而惠文像命令孩子一般强行喂药。

坐巴士回乌鲁木齐时，惠文坐在我旁边。

随着巴士的剧烈摇晃，我与一波又一波袭来的便意的轮番攻击进行了艰巨壮烈的作战。通常，通过肛门的肌肉可以把固态的大便牢牢锁住,只要忍住腹痛就行了。但此时的大便已经呈液态,似乎会从肛门的小小缝隙中一涌而出。

为了肚子和屁股的肌肉能使上劲儿,我不断地进行深呼吸。肛门内不安分的暖流愈发活跃,敢死队马上要冲杀出来了。在这里,如果被惠文和其他香港人看到我的狼狈相,那我就终生蒙羞了。一定要忍住。

忽然感觉到视线,抬头一看,惠文正笑嘻嘻地注视着我。我一直故作镇静,所以她没有看破,丝毫不担心。

"为什么这么高兴呢?"我问。

"雪山和峡谷,看到美景,我很高兴。"

这个人进入自己的世界了。

我想说:那么就好好看景色吧,但和进入自己的世界的人继续交谈,伴随着诸多危险。我也无心进行复杂的对话,所有的精力都集中在下腹部了。

我颇为后悔：早知如此，乖乖吃药就好了。

我回到了乌鲁木齐宾馆。我们是在这儿抽的签。上完厕所后，终于回过神来，在大堂稍事休息。

香港人加上我一共十八人。似乎要了九个标准间。我说"似乎"，是因为入住手续都是香港人来办的。他们会说汉语，办理所有的手续，帮了我大忙。

我筋疲力尽，想进房间小睡片刻，所以等待自己的房间确定下来。

惠文走过来，缩着脖子说："有一个问题。"

"什么问题？"

"你和我同一个房间。"

为什么？

"男女都是单数，总有人要合住房间。"

好蠢啊！那么用单人间或双人间调整一下就好了吗。

"这的确是个问题，能想想办法吗？"我回答。

但大家面带倦容，开始各自回房间。我刚才把入住手续全盘托付给别人，现在也不便过于强硬地主张自己的意见。我对一个有点熟悉的男孩说："在你的房间里加一张床，让我挤一下吧。"

"你跟惠文同屋，没问题。"他误以为我在担心没有房间。

而且，他的语调平淡，别无他意，我不知所措了。他似乎在说："旅途中，男女共居一室，不值得大惊小怪。"好像是我自己多虑了。反而他似乎要说："胡思乱想的是你吧，你这个变态。"

我犹豫了。在犹豫不决之时，大家各自回房间，大堂里只剩我和惠文了。不，连惠文也兴冲冲地开始走楼梯去房间了。那无忧无虑的样子好像在说："你这个变态，不要瞎想。"对了，我想起来在中国的宿舍房都是男女混住的。

对，我是变态。这是国民性。

我抱起背包，跟着惠文走上楼梯。

我和惠文以及两个香港男人打算第二天一早一起搭乘火车回郑州。这么想来，我和惠文同屋也并无奇怪之处。

总之第二天需要早起，我想好好睡一觉，谁知惠文又拿着止泻药追过来了。我实在讨厌吃药。虽然拉肚子很痛苦，但在体内加入不自然的东西，更可怕。我回答说绝对不吃。于是，她忽然说："你唱一首日本歌。"又想干什么？莫名其妙。

"你唱日本歌给我听吧。"她又说。

为什么？为什么要唱歌？止泻药怎么办？

我有一种不祥的预感。她又开始了。在她的脑海中，是一片花海。花海对面，我正骑着白马奔跑着。惨不忍睹！为什么我要骑着白马跑？

"明天要早起，我睡了。"我说完，躺在床上，盖上了薄薄的毯子。

但她不依不饶："为什么不唱日本歌给我听？"

"好困。"

"你还要吃止泻药呢。"

哦,你没忘啊。于是,花海对面骑着白马的我一直在拉肚子,好复杂的画面啊。

"快吃药。"她拿着药片和水杯,到我的床边来了。然后,把药片硬塞到我嘴里,采取强硬措施,把马上要进入睡眠状态的我弄醒。

"不不,不要不要。"

我摇头躲避,她压在我身上,想让我不得动弹。我甩开她的手,扭转身体,企图逃脱。她更用力地想把我扳过来仰面朝天。奇怪的是,"快吃!不要!快吃!不要!"反复数次以后,似乎好玩起来。我对于"不要不要"的耍赖,渐渐地感到一种甜蜜的喜悦。不知不觉之间,我们在嬉戏取闹。

惠文完全靠在了我的身上,在床上我们几乎重合在了一起。原本只是女的在喂药,男的在拒绝吃药,但让旁观者来看的话,明显已经不是那么回事了。我一边说"别太过分了",一边抱起她,往她的床走去。这时,惠文忽然说:"你在干什么?闹着玩吗?"她似乎在诘问我,说罢盯着我看。

你……你在说什么?怎么忽然态度一变?我……我干了什么?我什么都没干啊。本来也是你先靠过来的。

不管怎样,我还是姑且道歉、息事宁人吧。于是说:"对不起。"我深刻反省我们不是在闹着玩。最后,还是自己丢了脸。我很不好意思,赶紧忘了这事,睡觉吧。

关了灯后,我钻进毯子里,惠文失望地坐在自己的床上。她好像还想说什么,但继续纠缠下去,我也支撑不住了。

"睡不着,跟我说几句话。"

我故意无视。

"哎,说说话啊。"

我已经睡着了。

于是,她似乎一狠心说:"你为什么抱我?"

什么?

"你为什么抱我?"

为——什——么——抱……

我张口结舌,无言以对。

来了,终于来了。恶魔的封印终于被揭开了。花海中的白马王子在竹内玛莉亚或松田圣子的歌曲旋律下,策马奔跑着。不知不觉之间,事态已经发展到不可收拾的地步了。

"闹着玩吗?是不是?"这个问题也不好回答。

我睡意蒙眬的头脑高速运转起来,应该怎样躲过此劫?现在如果肯定地说"是",可能可以马上得以睡觉。但是,这样的话,她一定会任性撒泼起来。她一撒泼,事情就麻烦了。那么,我说"不是"吧。不行,这才麻烦呢。这就不是纯粹的玩乐了,那等于在花海里火上浇油,不,是浇水了。我不想回答。如果可以不回答的话……

然而,惠文执拗地强迫我回答。

"是不是?"

"啊,不……"

"是不是?"

"也——也许……不是。"

我……我说了什么?

她一下子失去了控制,飞扑到我床上。我目瞪口呆,她喃喃地说着什么,我听不懂。但是,我清清楚楚地听到了"我爱你"。我被狂风暴雨蹂躏着,脑子里只是在盘算着如何逃脱。

不应该说得太清楚。什么都不应该说。

她不断地亲吻着我,还在说"我不会离开你""我要和你在一起"。渐渐地,我开始觉得的确是的,也不必忍耐了。这种情况下,男人可以做的只有一件事。对了对了,借着年轻气盛,干吧干吧。干了再说,辩解的借口以后再考虑吧。

我忽然精神起来了,把她翻转过来,自己趴在上面,手向她的胸口伸去。

可是，她忽然冷静地说："不要。"

我心里想：被拒绝后马上退下的男人才没出息，女人说"不要不要"，其实也是愿意的表现。但那一声"不要"实在过于冷静了，我紧紧地盯着惠文的脸，揣测她的真意。

"我是天主教徒。"

"天主教徒怎么了？"

"你不知道天主教吗？"

"嗯？"

"你相信上帝吗？"

"啊？"

……

我想上厕所。

我们四人离开丝绸之路，到达了郑州。两个男人坐火车去上海，我和惠文回香港。我们就此跳上开往广州的列车。到郑州我们买到了卧铺票，但现在连座位都没有。我们两人坐在走道里。走道也很拥挤，甚至有人睡在座位下的空间里。坐在走道里的话，有人要去上厕所，就必须站起来避让，很麻烦。惠文说厕所附近很宽敞，去看了一下，那里也是人山人海。厕所门前勉强空出一点空间。我们坐在那里肮脏的地板上。

尽管如此，惠文还是心情愉快。

"我想跟你结婚。"她说。

什……什么？

"不行，我们的文化不同，不会顺利的。"我抵抗着。我为什么只能绕圈子呢？我怨恨自己没出息。

"中国人比不上日本人吗？"

"？？"

还是不应该回话。完全向意外的方向发展了。这里还是要说得一清二楚。惠文接二连三地说："我没有答应你的要求，你生气了吗？"

"我不爱你。"我回答。我终于说出来了。终于做了一个了断。

"不爱我,为什么亲我了?"

啊呀。

"……那好吧,你忘了我吧。"

在武汉,坐在洗脸池上的大伯下车了,我们转移到了那里。洗脸池的大小正好适合我的屁股,坐上去四平八稳,就像妈妈让婴儿小便一样的姿势。姿势有点吃力,刚才的大伯是这样坐的吗?同样坐在洗脸池上的另一个脏兮兮的大伯跟我们攀谈起来。他自称是算命师。

哦,中国的算命师,好像高深得很啊。

于是,我立即请他给我算算。

"嗯,你有很多计谋。"他说,在纸上写下计谋。

计谋?虽然不懂,看字面意思,应该是说我聪明吧。也许说不定还是优秀好青年的意思。嗯,真不愧有五千年历史。你算得很准啊。

惠文问:"我可以得到幸福吗?"

"你会很幸福的。"

惠文喜笑颜开。

"那我呢?"

"嗯,你不如她幸福。"

是吗?

我懂了。这也正象征着这次惠文的纯真无邪和我的狡猾吧。我那含糊不清的态度让惠文误解了。狡猾的我得不到幸福。我必须深刻反省。

这么一想,"计谋"一词又似乎有别的意思。他不是在说我"聪明",而是在揭发:"你在打什么坏主意吧?"这个"谋"是"阴谋"的"谋"。嗯,实在太高深了。真不愧是拥有五千年历史的算命啊。

"我什么都知道。"大伯又说。

"你今年二十二岁。"

不对哦。

"她十八岁。"

惠文二十三岁了。

"怎么样？算对了吧，哈哈哈！"

我刚才的反省，倒是多此一举了。

我在香港待了三天。每天都和惠文在一起。

夜幕降临，我们每天都去香港岛中环附近的码头。在那里可以隔着大海眺望九龙半岛的夜景，恋人们在处处拥抱着谈情说爱。我们只是并列坐着，什么都没干。

"给我唱一首日本歌。"惠文提议。

事到如今，你在说什么？惠文。我不是说过我不是花海的白马王子吗？

"不好意思，不唱。"我回答。

"我想去日本。"

"……"

最后一晚，我把惠文送回家后回到了酒店。深夜里，电话响起。

"怎么了？不是刚刚分别吗？"我接了电话，教训她。

"给我唱一首日本歌吧。"

你在说什么？惠文，快醒醒吧。

"拜托……"

"……"

我在电话里唱起来。

我记得歌名，但太不好意思了，所以不说了。

文库本后记

本书是我的处女作,一九九五年我自费出版了单行本,而撰写又是在那一两年之前了。

终于这本深奥伟大的单行本入了藏前仁一先生的法眼,得到机会在杂志《旅行人》上连载发表,开启了我的作家生涯。又由于其出类拔萃的崇高内容,得到小学馆尾崎先生与岛本先生的垂青,终于得以出版文库本。在出版文库本之际,我得到许多热心人的声援:"别太放肆了""你不是笨蛋吗?""你一定是笨蛋",等等,实在令我倍感温暖、百感交集。

在出版单行本后,不少读者,不,只有几个读者，其实是两三个亲戚询问："除了亚洲篇，还有别的吗？"他们似乎想购买。除了亚洲篇，目前没有其他篇。但我很想继续写下去：南美激情篇、欧洲风云篇、广岛决战篇，等等。

在我写作时，未曾预料此书可以成为文库本。我辞去公司的工作、成为作家也是始料未及。世事难料啊。照此下去，到了二十一世纪我成为中坚的电影演员也并非没有可能。也可能成为奥运会冠军，或者成为宇航员在火星着陆。不管如何，我的未来一片光明。为我的幸运祈祷吧。

一九九八年新春

宫田珠己

文库本后记续篇

这次我的处女作将被收录进筑摩文库中,我再次重读,感觉羞愧无比。看自己的书大抵都觉得不好意思,尤其是这本,青涩幼稚,内容和文体都很稚嫩,令人无颜以对。这么不正经的书竟然也出版了。写书时,我还不到三十岁。年轻无知,说的正是这本书。因此,现在读完以后,不觉面红耳赤。但它是我的处女作,这是不争的事实,同时也勾起了我的很多回忆。满满的回忆加上羞愧,实在是心情复杂。

筑摩文库向我确认,在收录进文库之前,是否有修改或者增加的内容。说实话,时至如今,已经无法再修复了，或者说笨蛋无药可救了，或者说无可挽回了，反正我已经无计可施了。因此，就此拿出去了。再明确一点说，修改十分麻烦。就随它自生自灭吧。

　　本书不但是我的第一部作品，还有一件事也令我记忆深刻。在我自费出版以后，被收录进小学馆文库，有一对夫妻阅读后，给我寄来了明信片。那上面写着的感想是我这个写书人始料未及的。当然，我也收到其他不少信件和明信片，大多数人的感想是："笑了。""很有意思。"也有人说："太嚣张了。"对于我来说，看到陌生人评价自己的作品是从未有过的体验，也随之忽喜忽忧。但这张明信片上写的却是完全不同的感想。

　　这一对夫妻失去了年轻的孩子，沉浸在深深的悲伤之中，心情平复下来以后，读了这本书，终于可以笑出一点点了。"谢谢。"他们也写上了感谢的话语。

　　我吃了一惊。

嗯？这本书吗？

面对这样意外的感想，我实在始料未及，反而有些畏缩："这并不是那么了不起的作品。"同时我也觉得诚惶诚恐。我想他们是不是和别的书搞错了？最后我觉得心情紧张。

我领悟到写作是艰难的，也许有些夸大其词吧。不，也并不夸大其词。因为谁会读、怎么读，总会发生超越写书人想象的事情。

我想给他们回信，但什么也写不出来。如果我的话里露出破绽，会破坏夫妻俩好不容易暂时获得的心灵的宁静。自己在不知不觉中会出言不慎吧。我发愁了。反复考虑犹豫之后，最终没有回信。

但这一张明信片给我留下了不可磨灭的印象。写这本书是很有意义和价值的，这样的喜悦后来才渐渐涌上心头。

同时，对于带着玩世不恭、无法无天的心情写书的自己，感到无比羞愧。我告诫自己："可要好好写啊！"

可以说，仅仅这一张明信片对我之后写的作品都造成了影响。我现在竟然像美谈一样写下来。不应该在这本傻书的后记里写吧？或者难道是炫耀吗？一边写着，一边内心的声音越来越大了：别得意！在此我要忽然转变话题，有时候有读者问：被称为"鼻毛大叔"（其实是我自己这么叫的）的封面插画到底是谁？跟本书的内容有什么关系？原型是我自己吗？我借此机会回答一下。

其实是随便弄的。完。

我稍稍有点担心，筑摩文库给人的印象是知识性、学术性的，收录了这本书是不是没问题？会不会由于我的缘故，导致筑摩文库至今建立起来的良好形象毁于一旦？

虽然有些在意，但是这跟我无关。感谢镰田编辑、小学馆尾崎编辑，以及为本书的出版费心尽力的各位。

宫田珠己